# なつかしい時間

田 弘
Hiroshi Osada

岩波新書
1414

# 目　次

目　次

# 国境を越える言葉

いまは、モノも人も、経済も情報も、国境をさまざまに行き交うようになりました。国の内から外へ、また国の外から内へ、往き来することがごく普通のことのようになってきた。けれども、言葉はどうだろうかと考えるのです。

言葉は人の生活の日常に深く結びついています。それだけに、おたがいの日常を親しく固く結び合わせるようになればなるほど、それぞれの人にはっきりとした限界を背負わせるのも、言葉です。それぞれの国にとっての国語のように、それぞれを深く結び合わせると同時に、言葉は、それぞれにその言葉の限界を背負わせずにいないのです。

言葉以上におたがいを非常に親しくさせるものはありません。にもかかわらず、その言葉を共有しないとき、あるいはできないとき、知らない国のまるで知らない言葉がそうであるように、言葉くらい人をはじくものもありません。際立って親和的にもなれば、際立って排他的になるのも、言葉です。

けれども言葉には、もう一つの言葉があります。在り方も、はたらきも異なる、別の言葉。ないもの、ここにないもの、どこにもないもの、誰も見たことのないもの、見えないもの、そういうものについて言うことができる言葉です。

たとえば、社会という言葉。社会という言葉は誰でも知っていますが、実際に、社会というものをこれが社会だと、机を指すように、草花を指すように、これが社会だと指すことはできません。世界という言葉もおなじです。世界ということを知っていても、世界というものを、この目で見たことはないのです。

そのように、心のなかよりほか、どこにもないものについて言うことのできる言葉がありまず。自由。友情。敵意。憎悪。そういった言葉は、誰も見たことがないけれども、そう感じ、そう考え、そう名づけて、そう呼んできた、そういう言葉です。

国境を越える言葉、あるいは越えられる言葉ということを考えるとき、じつは国境を越える言葉というのは、このないものについて言うことのできる言葉ではないだろうかと思うのです。国境を越えるというのは、外国の言葉をいくらか覚えるというのとは違う。ないもの、見えないもの、その言葉でしか感得できないものを、国と言葉を異にするおたがいのあいだでどんなふうにもちあえるか、ということだと思うのです。

自由という言葉について思いめぐらすとき、わたしたちは自由という言葉はどこからやってきたか、考えます。自由を見た人はいない。机の上に転がっているものでもないし、公園にゆけばあるというものでもない。店で買えるものでもない。しかし、わたしたちは自由という言葉を知って、自由という言葉を通して、自由というものを感得し、そう感じられる感覚をそう呼んで、そう名づけて、その言葉を自分のものにしてきました。

そして思うことは、日本語の自由という言葉に表され、わたしたちがその言葉によって感じとることのできる感覚を、異なる国々で、違う土地で、いま、おなじように、それぞれの国の言葉、土地の言葉で、自由と呼び、自由と名づけて、おなじに感じている人びとがいるだろう、ということです。

そういう確信を可能にするのが、国境を越える言葉のちからであり、そのようにそれぞれの言葉を通じて、おたがいを繋ぐべき大切な概念を共有することが、じつは言葉を異にするおたがいの共生を可能にしてゆくのだ、というふうに思うのです。

かつておなじ時代に、おなじ思いを胸底に秘めて逝った二人の詩人がいます。

一人は日本の詩人、宮沢賢治(一八九六―一九三三)です。宮沢賢治の「烏《からす》の北斗七星」という童話はひろく知られますが、それは敵の死骸を葬る烏の兵士の、星への祈りの言葉で結ばれています。「ああ、(……)どうか憎むことのできない敵を殺さないでいいように早くこの世界がなりますように。そのためならば、わたくしのからだなどは、何べん引き裂かれてもかまいません」

もう一人は、宮沢賢治とほぼ同じ歳月を生き、パリで貧窮のうちに死んだペルーの詩人、セーサル・バジェッホ(一八九二―一九三八)です。バジェッホに、こういう詩があります(「群集」飯吉光夫訳)。

たたかいが終って、
戦士が死んでいた　男がひとりやって来て
言った。――《いけない　死ぬのは!　きみをこんなにも愛してる!》
けれどもその屍体《しかばね》は　ああ!　死につづけた

バジェッホを宮沢賢治は知らなかったでしょうし、バジェッホもまた宮沢賢治を知らなかったでしょう。二人の詩人は、いずれも二十世紀の二度目の大戦の前に世を去り、いずれも世に知られるのは戦争の後になってですが、しかし、二人の詩人の言葉に遺されているのは、そのときおたがいに知る由《よし》もなかった二人の詩人が国境を越えて共有していたと言っていい、死者への深い祈りと沈黙です。

その言葉によって、感じ、考え、受けとめるほかない言葉があります。そのように言葉でしか言い表せない大事なものを、国境を越えて、わたしたちはそれぞれの言葉のうちに、おたがいにもちあうことができるということを、二人の詩人の言葉は伝えています。

国境を越え、それぞれの違いを越えるのは、言葉でなくて、言葉が表す概念です。概念は音楽に似ています。それぞれの言葉という楽器によって、わたしたちにとって大切な概念を、誰にむかって、どう演奏するか。なにより国境を越えた概念の共有が求められなければ、たやすく過つだろう。そう思うのです。

（１９９５年８月28日）

# 大切な風景

　わたしたちは風景のなかで生き、そして暮らしています。景勝・絶景といった特別な風景でなく、ここで言う風景というのは、わたしたちの日常の風景のことです。わたしたちの生活の目印、ひいては人生の目印となっているのは、そうした日常の風景です。

　自分がそのなかで育てられた風景というものに助けられてわたしたちの経験、あるいは記憶はつくられています。わたしたちの文化もそうです。風景のない文化はありませんし、芸術というものをつねにささえてきたものは、風景を深く見つめる姿勢です。

　その意味では、風景というのは文化そのものと言っていいのかもしれません。わたしたちの日々を確かにするものは、わたしたちがそのなかで生きて暮らす風景の感受であり、わたしたちが日常の在り方、生きてゆく心の在り方といったものを見さだめる手掛かりとしてきたものもまた、自分たちがそのなかで育った、あるいは育てられた風景です。

たとえ自分ではそうと思っていなくとも、じつは風景のなかで感じ、思い、考えるということが、わたしたちの日々の生き方の姿勢をつくっています。風景のなかに自覚的に自分を置いてみる。すると、さまざまなものがよく見えてくる、あるいは違って見えてくる、ということがあります。

「青空に寒風おのれはためけり」（中村草田男）という、あざやかな句を思いだしますが、自分を語るのに、青空という風景、寒風という風景の感覚をもってする。そうして風景のなかに、おのれの心像をくっきりと映す。俳句の魅力は、それが季語というかたちで、風景が一人の「わたし」を語るという秘密をもつ言葉だということです。

自分たちの暮らしのなかで、経験のもち方、清濁の感覚、そういった一々に、自分が横切り、また突っ切ってきた風景が係わっている。そのように日々の風景を生きて、一人の「わたし」の経験を心に刻むということを、ずっとわたしたちはしてきたように思います。

島崎藤村の『夜明け前』という、江戸から明治への激動の季節を生きた人びとの心のたかぶりをえがいた忘れがたい物語に、木曽馬籠に住む若い主人公が、自分が生まれ育った馬籠を離れて江戸へ旅立つ日の、印象的な場面があります（岩波文庫ほか）。

旅立ちの日に主人公は、村の外れの、谷をへだてた丘のうえの墓地まで上ってゆきます。そこからは村全体が見える。そうして「あだかも、（……）古い街道の運命とを長い眼でそこに眺め暮して来たかのように」自分の村を眺めます。

村の眺めは杉の木立のあいだに展《ひら》けています。主人公は「青い杉の葉のにおいを嗅《か》ぎながら」しばらくそこに立って、村をじっと眺める。そして「あそこに柿の梢《こずえ》がある、ここに白い壁がある」と指さしながら、自分の生まれ育った村の風景を記憶にしっかりと留めて、一人、明日のわからない日々に旅立ちます。

わたしたちの一人一人にとっての歴史というのは、そういうふうにそれぞれの記憶のなかに留められる、生きられた風景のことですが、そうした記憶のなかの風景どころか、いまのわたしたちにとって切実なのは、逆に、生きられた風景の記憶の欠如です。

たとえば、歌は世につれ世は歌につれと言いますが、世のはやり歌というのは風景をうたう歌でした。村に一本杉があり、トンビは空で輪をえがき、赤い夕日は校舎を染め、街の灯りはとてもきれいだった。しかしいつか若い世代のはやり歌に、風景がうたわれることがなくなって、風景は消失し、歌の世界にのこったのはとめどない感情です。

風景の感覚が見失われて、見失われたのは、風景のなかに自分がいるということの自覚です。風景のなかに自分を置くというのは、『夜明け前』の主人公が丘の上から村全体を眺めるように、遠くを見るということ、全体を見はるかすということです。そういう見はるかす視点というものが、いまわたしたちに欠落してしまっているのではないか。

いまは、何事もクローズアップで見て、クローズアップで考えるということが、あまりにも多いということに気づきます。クローズアップは部分を拡大して、全体を斥《しりぞ》けます。見えないものが見えるようになった代わりに、たぶんそのぶんわたしたちは、見えているものをちゃんと見なくなった。

風景のなかに在る自分というところから視野を確かにしてゆくことが、いまは切実に求められなければならないのだと思います。


（1996年1月9日）

# 街を歩こう

いい季節になると、心が外に向かいます。遠くにでかけて行楽をもとめるのは、ふだんはなかなかできない楽しみですが、こういう季節にこそ楽しみたいのは、街歩きです。目的をもたない。急がない。心をほどいて、ただ街を歩く。そのような街歩きの楽しみは、じつは、ふだんにはもっとも得られない楽しみの一つです。

どこへ行こう、何かをしようと思わず、歩く。道筋を一つ違えて歩くだけで、こんな路地があったのか、こんな大きな樹があったのか、こういう街だったのかと、いままで知らなかった街の表情に出会って、街の慕《した》わしい奥行きが見えてくるのが、街歩きです。

街歩きにもっともふさわしい時節をあげるなら、五月。むかしから、うつくしい五月、うるわしき五月とされてきた、この国の五月の風物を深く愛した詩人に、五月の詩をたくさん遺した、木下杢太郎《もくたろう》(一八八五—一九四五)という詩人がいます。

木下杢太郎がうたったのは、明治も末の頃の東京の五月の景色です。詩人の遺したのは、いまでも読むと心の目がひらかれてゆくような忘れがたい詩ですが、その澄んだ季節の言葉に映っているのは、街歩きを愛した詩人の親しい眼差しです。

五月の頌歌《しょうか》を、詩人はこう書き継ぎます。新しい五月を迎えては、「五月が来た、五月が来た、一年経つてまた五月が来た」と。あるいは、「さう云ふ五月が街に来た。——」と。そしてまた、「街は五月に入りにけり」と。風薫る東京の街歩きから詩人が採集したのは、遠く近く、濃く淡く、さまざまな情景です。

たとえば、流れる水のうつくしさ。並木道の若葉。風に揺れるケシの花。ごく何でもない光景だけれど、家々の窓や、バルコニーのたたずまい。雨降る日の、雨の色のむらさき。晴れた日の、空の夕雲。淡い落日。どこかで桐の花のあまい香りがする。若い黒猫がしなやかに走ってゆく。うつくしい五月。家々の表《おもて》で、藁《わら》を燃やす匂いがする。

川風が、肌に冷たいのに、しっとりとするのが五月。ぼんやりと入り日の空が広がって、空気が銀緑色になって、とてもさわやかに感じられる。夕暮れの酒がうまい。夕方の散歩が楽しい。それに、昔ですから、呉服屋の店先に、新ゆかたの新荷。帽子屋に、夏帽子。酒屋の店先に、菰《こも》を被って積まれている新酒。

そして五月は、新茶の季節です。サクランボが熟し、草のかげが重くざわざわして、露が冷たくて、カシの花のしつこい匂いがして、レンガ壁に差す朝日が、華やかで、とても初々しい。そういう五月の朝、草上に坐して、新茶を啜《すす》ると、朝の晴れやかな心の底に「悲哀の湧くをこそ覚ゆれ」と、詩人は新茶の味について書いています。

風がやわらかくなる。初ツバメが飛びまわる。ホオズキが色づく。ゴイサギが原っぱで鳴く。カキツバタ。シャクヤクの花。ボタンの花。林のクヌギの木の新芽。遠い山、遠い森がなつかしくなる。遠く飛ぶ鳥の影。ナスのしぎ焼きがおいしい。キュウリもみがおいしい。ビワの走りがでまわる。寄席があだっぽくなるのが五月だとも、詩人は書きとめています(『木下杢太郎詩集』岩波文庫)。

こうしたいまなおみずみずしい季節の言葉を、詩人にもたらしたのは、街歩きです。街歩きに、目的はありません。そこを、自分が、ゆっくりと通り抜けてゆく。そのとき、その風景がくれる感覚、音や匂い、色彩、時の感触、そういったものなどから語りかけられているという深い印象。そういったことが一瞬の記憶となってまざまざとのこる。

今日のように車や電車や乗り物を使っての移動というのは、室内にいるのとおなじで、移動と言っても、室内のままの移動です。けれども、街歩きというのは、室内から外に出なければいけない。室内を出るということは、自分の心の外に出るということです。自分の心の外に出て、外の情景のなかへ自分から入ってゆく。

街歩きを楽しむには、目をきれいにし、耳をきれいにし、心もきれいにしなければ、何にもならない。風薫ると言われる五月は、どんな時節より、街歩きの楽しみをくれる時節です。五月晴れと言いますが、愁いもまた透き通ってくる時節には、心の外へ出ていって、街歩きを楽しみ、無用の時を楽しみたい。

街を歩く、ゆえに街あり。人は歩く、ゆえに人あり。そういう思いをなくしたくない。街歩きを楽しむことができるなら、そういう自分はまだ信じるに足るかもしれない。空を見あげると、気もちが開けてゆく。そういう五月が、今年も街に来ています。（1996年5月1日）

# 挨拶の言葉

街で、挨拶の言葉を耳にすることが、いまは少なくなりました。

街を歩いていて、おはよう、こんにちは、ありがとう、という言葉もめったに聞かなくなりました。ごめんください、あるいは、すみません、というような言葉を耳にすることも、めったになくなったように思います。失礼、という言葉を聞くこともなくなりました。言葉でなくとも、目礼する。そういう挨拶も、めったに見なくなりました。

代わりに、街でちょくちょく目にするようになった、不思議な光景があります。

こちらから歩いてゆく人が、向こうから歩いてくる人に気づかない。すると、相手に気づいているほうが足をとめ、そのまま黙って突っ立って、相手が気づくまで、近づく人を待っている。そして、おたがいに顔はそむけ、目を合わすことなく、すれちがう。声を掛ける、掛けられるということが、とりわけ若い人たちのあいだでは面倒なこと、厄介なことと感じられています。

言葉が、壇上の言葉や広告の言葉や営業用の言葉や、さもなければ、タメ語とよばれるナアナア言葉しかなく、いまは自分の言葉というものがもてなくなっているのかもしれません。挨拶の言葉がなくなったのは、おたがいのあいだで言葉が信じられなくなっているからです。

挨拶という言葉のもとは、アイは「押す」、サツは「押しかえす」という意味の、相手あっての言葉です。声を掛ける、それに応じる。そのための言葉が、挨拶の言葉です。言い換えれば、挨拶の言葉は、見知らぬ者同士が、声を掛け合うことで、おたがいをそこに認める言葉でした。そうして挨拶の言葉は、なにより労《いたわ》りを込めた言葉でした。

日本語は、もともとは挨拶の言葉、挨拶の文化を豊富にそなえた言葉だったのです。それがいつか逆になって、わたしたちの社会は挨拶の言葉にまるで窮《きゅう》して、挨拶がおそろしく苦手になってしまったかのように見えます。

口にする言葉だけではありません。かつては笑顔もまた、見知らぬ者同士の挨拶の言葉の一つでした。行き交うに笑顔をもってするという習慣は、とうにありません。見知らぬ人には用心しなければならないからです。

あるいは、鉢植えの花です。いまでも車の往来の少ない路地にはいると、玄関先などに鉢植えの季節の花々が置かれている光景を目にします。そうした鉢植えの花というのもまた、花に託された、道を通る人への、物言わぬ、親しい挨拶の言葉です。

いまは、通信の革新によって、さまざまに新しいコミュニケーションの道具が次々に生まれています。しかし、新しいだけにまだまだどこかぎこちない新しいコミュニケーションの方法に、これから求められるのは、なにより成熟した挨拶の言葉です。

かつて手紙というもっとも古いコミュニケーションの方法が長い時間かけて生みだしたのは、ゆたかな挨拶の言葉でした。

たとえば、芥川龍之介の全集にのこされている手紙。その多くの手紙の終わりには、俳句や短歌や漢詩が添えられています。

正月の手紙に――賀正　日曜に遊びにござれ梅の花
病気になって――胸中のこがらし咳となりにけり
入院して――病室の膳朝寒し生玉子
お礼の手紙に――鴨も御歌もありがとうございますとして、
手賀沼の鴨をたまわる寒さかな

挨拶の言葉は、すなわち、粋な言葉だったのです。

一口に、文化と言います。文化というのは、立派な額に掲げられてあるものでも、松竹梅に飾られて舞台にあるというものでもありません。挨拶の言葉のあり方が、文化です。

一口に、コミュニケーションと言われます。コミュニケーションというのはペラペラ、ベラベラではありません。挨拶の言葉のもち方が、コミュニケーションです。そのことをよくよく心したい。それが始まりです。

（1996年7月31日）

## 異世代と同時代

明治もそろそろ終わりになる頃、二十世紀が始まってしばらくした頃、幸田露伴《ろはん》が盛んに書いたのは、主人公たちがおおいに談話する、子どもたちの物語でした。おなじ年代の少年たちが集まって、活発に話をする。そこにたいてい、知恵者の大人や経験を積んだ老人などもくわわってきて、おおいに談論風発、丁々発止、話を楽しむ。

おなじ頃の夏目漱石の『吾輩は猫である』(岩波文庫ほか)も、そうです。主人公の苦沙弥先生のところにいろいろな人がやってきては、さんざんとりとめもない話を楽しみます。談話そのものが物語を発展させてゆく、いわば座談小説です。

何をどんなふうに話すか。露伴の座談小説の一つは、こんなふうに始まります(「人事予測表」『露伴全集』第十巻)。

「天野潤《ひろし》君は、一寸異《かわ》つた事に目を着けたり意《こころ》を着けたりする少年である。で、其《そ》の朋友《ともだち》の星君だの風間君だの雲井君だの雨宮君だの月岡君だの雪山君だのは、今日も亦《また》天野君が衆人《みんな》の会合《あつまり》の席上で提出した談話《はなし》に就《つい》て、興味を以《もっ》て談話《だんわ》したり質問したりして居《い》る」

天、星、風、雲、雨、月、雪に始まる苗字をもつ七人が、座談の仲間。ところが、「変な事」を話そうという天野君に、月岡君が戸惑って、

「それでも君、何だつて、答へられ無ければ答へられないと定《き》まるし、答へられゝば答へられると定《き》まる訳《わけ》ぢや無いか。何と答へてもよい、何と答へても不可《いけない》、答へれば答へられる、答へられ無いとすれば答へられ無いなんぞといふ、そんな変な事は世の中には存在しまい」

と言うと、天野君は答えて、いわく

「ところが君、然様《そう》いふ事が非常に世の中には多くつて、（……）皆《みな》その変な事に苦《くるし》められて居るのだよ。（……）悩まされてゐるのだ。だから僕は其《そ》の君が所謂《いわゆる》変な事を専門に考究する人が世に存在して欲しいといふのだよ」

座談というのは、「変な事」を、みんなでおおいに論じることだ、それが座談でもっとも大事なことだと、露伴は言います。そう言えば、『吾輩は猫である』というのも、来る人来る人が、猫の主人を囲んで、「変な事」ばかりをおおいに語りつくす小説です。

ひるがえって、いまはどうか。

いまでは座談は、日常めったに見られないものになっています。座談ではなくて会議、座談ではなくて討論、というふうに、どこを向いても、「変な事」が話せないような話の仕方、話の交わし方が、むしろ普通になってしまっているのです。それぞれの家にあっても、「変な事」を話す団欒《だんらん》という座談のようなかたちは、たぶんになくなっています。

その結果、異なる世代が同じ時代を共にする話し方というのがどんどんと崩れていって、社会に失われるままになった。代わって、今日もっともひろく信じられている言葉は、「世代」という言葉であるように思われます。

「世代」という物差しが、いまはあらゆることがら、あらゆる出来事を測る目盛りになっています。

学校、会社、仲間、みんな世代で輪切りにされて、商品から文化まで、社会の問題のどんなことも、「世代」の問題として語られ、「同世代」ということがなにより優先されて考えられるようになって、それぞれに違う世代の経験は、時代が違うとして、おたがいに簡単に斥けあってしまう。

同世代のいじめ、あるいは異世代(親と子)の断絶が目立って取沙汰されるのも、そのもとは、「世代」によってどうしようもなく分断された、いまの社会のあり方からきています。また、逆に、ボランティア、あるいはネットワークというふうに世代を超えた繋がりや対話がしきりに求められるようになったのも、「世代」によって分断された社会に失われているものを回復したいという欲求からきているでしょう。

「同世代」「異時代」という線引きによって、わたしたちの社会はどうしようもないほど寸断されています。社会を生き生きとしたものとするのは、しかし、ほんとうは「異世代」同士による「同時代」の共有です。

「同世代／異時代」にたよる言葉ではありません。社会のファンダメンタルズ（基礎）として必要なのは、つねに「異世代／同時代」に根ざす言葉です。

違った世代が同時代を共にする。そのことの大切さがなくてはならないものとして求められなければ、わたしたちは大切な何かを、かつては未来と呼ばれていたものを、これからも失いつづけることになるのかもしれません。

（１９９６年11月22日）

## 会話と対話

会話という言葉があり、会話にとても似た言葉に、対話という言葉があります。よく似ていて、おなじように見える言葉ですが、たとえば英会話と言っても英対話とは言わない。また逆に、たとえば日米対話というような言い方をするような場合、対話を会話と言い代えることはできない。一見おなじように見えて、意味の方向はむしろ逆を向いていると言っていいのが、会話と対話です。

コミュニケーションの手段が電話を核として多様になったいま、さまざまなレヴェルで、会話のかたちはずっと豊富になりました。けれども、対話はどうか。会話のかたちが思いがけないほど豊富になったそのぶん、わたしたちのあいだの対話のありようというのは、むしろ貧しくなったのではないかと気づかわれます。

そういうときに思いだしたい一冊の本があります。二十世紀という時代が始まる明治三十年ごろ、老いてなお意気さかんな勝海舟が、語り尽くした『氷川清話《ひかわせいわ》』です（講談社学術文庫ほか）。『氷川清話』は、勝海舟が話した言葉を聞き書きした本ですが、勝海舟の語る言葉は当時たいへんな人気で、勝海舟のもとに訪ねた記者の手で、いろいろな新聞が争ってその聞き書きを載せた。話しぶりは自由闊達《かったつ》ですが、それは会話の記録ではありません。勝海舟の一人語りの本ですが、それは対話の記録です。語っているのは勝海舟一人ですが、勝海舟はあたかも百年後の今日にむかって、どこまでもこちら側にまっすぐ話しかけるようにして、とても直截《ちょくせつ》な語り方で話している。

読みかえすたびに惹《ひ》きつけられる本ですが、そのなかで、勝海舟はしばしば談判について語り、明治維新から日本の新しい国のかたちができてゆくまでのあいだに非常に重要だった方策として、談判というものを挙げています。

談判というのは、いろいろなことを始末したり、おおよその事を取り決めたりするときに、論じ合い、談じ合って交渉すること。つまり、対話することとです。いまでは「談判」という言葉そのものもだんだんもちいられなくなり、人と人とが交わす言葉のあり方にのこっているのは会話ばかりで、対話、談判という話し方はいつか遠ざけられるままになってしまったように思えます。

そうであって、のぞましくない事件などが生ずるたびにきまって指摘されるのが、対話の不在、あるいは対話の不足です。しかしそれは、日常ふだんに対話という考え方がうすく、たがいに向き合って問題を差しだしあって話すという習慣を欠いているという状況が、事あるたびに露出してしまうためではないでしょうか。

会話といっても、多くは言葉を使い捨てにするお喋りを、いまは会話と言っていることが多いように思います。たがいに向き合って、違ったものの見方をかさねてみる代わりに、考え方が違えば同席せず、目が合えば衝突、喧嘩《けんか》という格好になりがちなのは、結局、対話という考え方、あるいは勝海舟の言う談判の考え方こそ、この百年、時の過ぎゆくままに、この国が失いつづけてきた大事なものではなかったか、と案じるのです。

たとえば、勝海舟はふりかえって、談判というのはたがいに「少しの傲慢の風なく、同席する」こと、そうしてたがいに「赤心《せきしん》を披《ひら》く」ことだったとしています。すなわち、「野暮」を言わないで、相手に対する「敬礼を失わない」ことが、談判の作法だった。会話が会話を楽しむことだとすれば、対話、談判というのは、問題の引き受け方というか、心の決め方というふうに言っていいかもしれません。

いまは、問題は引き受けたくない、心は決めたくないという、何でもかんでも先延ばしにして疑われない時代になっています。たがいのあいだに、言葉の破片はたくさん飛び散ってはいるけれども、まかりとおるのは一人勝手と無愛想だけで、元気はなく、言葉が考えを伝える力をもつことがどんどん難しくなってゆくような状況が、逆に広まってきている、ということを考えます。

会話を楽しむことには巧みになった。だが、対話を活かすことが足らなくなった。あるいは、できなくなった。けれども、対話のないところ、談判のないところ、『氷川清話』の主人の言葉で言うと、「時と場合に応じてそれぞれの思慮分別」がでてこなくなってしまいます。そしてそのことが、いまのわたしたちのあり方を脆《もろ》くしています。

『氷川清話』から百年、あらためて考えたいのは、対話のもつちからからです。

（1997年2月28日）

# 古い本も読もう

本が読まれなくなった。いまはそう言われる時代になりました。本離れということが言われ、もはや本の時代ではないとまで言われて、しかもそれが当然のことのようになりました。本をめぐる街の景色も一変しました。そうして本そのものもまた、ずっと本の文化をつくってきた活版印刷はすっかり廃れて、この社会にとっての本のあり方というものも、いまはすっかり変わってきています。

けれども、古き良き本の時代からずいぶん離れたように見えるのに、あたかも時代の変化の著しさに逆らうように、おもしろいことに、また意外なことに、かつて広く親しまれながら、もはや書店や図書館でもなかなか手にできなくなった、古びてはいてもいまでもうつくしい活版印刷の本を、街の古本屋の店先で、ふだんに目にするようになりました。

古い本と言っても、遠い時代のいわゆる古文書や骨董本や稀覯本のような本でなく、たとえば昭和の戦争後の一九四〇年代後半から五〇年代にかけてのころの、上等なつくりの本ではないけれども、一冊一冊の本が大事に読まれた時代に世にでた本です。

ときどき街の古本屋の店先で、思いもしなかった本に出会うと、古い本のページのあいだから何かが立ち上がってくることがあります。古い本にはいい時間の感触があり、自分がつい無くしてしまったか、どこかに置き去りにしてしまった時間が、いまでもその古い本のなかにはのこっているという親密な感じを覚えるのです。

わたしたちのあいだになくなっているものを鮮やかに思いださせるちからが、古い本にはあります。それは、言葉がちからをもっていた時代というものを思いださせ、いまのようにめぐまれた時代ではなかったにもかかわらず、本というのがいまよりずっと丁寧に、こころを込めて書かれ、つくられ、そして読まれていたことを思いださせるためです。

実際、そうした本を手にすると、その本のそここにうかがわれる、本をつくるということへのうつくしい配慮に、舌をまくこともしばしばです。紙も印刷も製本もいまに到底およばない。しかし、そこには本をつくることへの自負があり、それが新しい本のありようにはない、古い本の独特の雰囲気をつくっています。

そんなふうに惹きよせられずにいない言葉をもつ古い本のうちの、いくつか。

一つは、岡義武の『獨逸《ドイツ》デモクラシーの悲劇』という、昭和の戦争後の季節にでたそれぞれわずか六十頁ほどの文庫だったアテネ文庫（弘文堂、一九四九年）の一冊で、次の言葉で閉じられるその小さな本には、ほとんど痛切なと言っていい、失われた時代への思いが詰まっています。

ワイマール共和国の短い歴史、それは不幸の中に生れ落ち、不幸の中に生き、そして夭折した一人の薄倖なるものの生涯にも似ている。それは、ひとを傷心せしめるものを含んでいないではない。けれども、今日のわれわれにとっての課題は、曽《か》つての日のドイツに起った民主政のこの不幸なる実験に心を動かすことよりも、それについて考えることであろう。そして、ここに疑いもなく明白なことは、自由は与えられるものではなくて、常にそのために闘うことによってのみ、確保され又獲得されるものであるということである。そして、そのために闘うということは、聡明と勇気とを伴わずしては、何らの意味をももち得ぬということである。

アテネ文庫と共に、昭和の戦争後の季節にでた短命だったけれども魅力つきない文庫だった世界古典文庫（日本評論社）も逸品ぞろいで知られますが、ここに挙げたいのは二冊本ででた、クルィーロフの『寓話』（吉原武安訳、一九四八年）。この軽妙な寓意にみちみちた古い本につらぬかれているのは、見たいものしか見ようとしないものへの厳しい視線です。

（博物館へ行ってきた人の、友人にむかっていわく）、「いや実に（……）大自然の思付きっていうものはいやはや、その豊かなこと底知れず！　あそこにない動物や鳥ってあるでしょうか！　ちょうちょうに、かぶと虫に、はんみょうに、小蠅に、油虫！　あるものはエメラルドのよう、あるものはさんごのようで！　それからさ、それはまあ実に、ちっぽけなてんとう虫がいる！　そりぁまったく針の頭より小さいんですよ！」

（友人が訊きかえして）、「時に象は見ませんでしたか？　あの象の姿といったら、どんなでしたい！　きっと山にぶつかったんじゃないかと、きみは思ったに相違なかろう？」

――「象があそこにかね？」――「ああ、あそこにさ」。――「そう、こりゃいかん――実は象はわたしは気がつかなかったよ」（巻の四「見学好きなお人」）

象について言えば、昭和の戦争がこの国にもたらしたのは、象の不在でした。そして、昭和の戦争の後の季節を象徴したのは、新しい象が上野動物園に贈られたことでした。どんなに古い本であっても、その本を読む人の時代に係わらざるをえない性質を、本というのはもっています。

そして、もう一つ。これは単行本ですが、大佛次郎《おさらぎ》の『日附のある文章』(創元社、一九五一年)。

その随筆集の巻頭の「樹を植える」などは、敗戦後すぐの一九四八年に書かれた文章ですが、いま読んでも澄明ないい文章で、「生活の幸福」について書かれたこういう文章が、その後すっかり忘れられてきたのは、わたしたちの不幸です。

もっと人が木を植える習慣が出来たら、この世は更に楽しいものに成るように思う。更に私は、人が死んだら墓碑として、好きだった木を植えるようにしたら、とまで考える。石塔ではなく、木は成長するし、繁って行く。死んだ人に代って生きて行くのである。木が枯れるのは何十年か先であろう。花の咲く木を選んだりしたら、墓地がこれまでと違い、如何ばかり明るくなることだろうか。

赤ん坊が生れた限り、必ず、一本の樹を親たちが植える。人それぞれのトオテム・ポールのように。そんなことにも空想は及ぶ。場所は都市がその為に地面を提供するのである。恋人同士は、あなたの木は何ですかと尋ねることも出来れば、恋人の木の下へ連れ立って憩いに行くことも出来る。そんな風にする習慣が出来たら、墓地のみならず、人間の住む土地が、どれほど美しく変貌することであろうか?

ふとしたきっかけで出会った古い本から、いまは忘れられている言葉の孕《はら》んでいた明るさ、鮮やかさが、その時代の息づかいとともに、あらためて思いがけない仕方で手わたされることも少なくありません。ほら、忘れ物だよというふうに。

読書というのは、振り子です。たとえ古い本であっても、過去に、過ぎた時代のほうに深く振れたぶんだけ、未来に深く振れてゆくのが、読書のちからです。そういう読書のちからを取りもどす。思いだす。あるいは、自分のなかに確かめる。そうした未来に振れてゆく読書のちからが、いまもほんとうは求められているのではないでしょうか。新しい本だけでなく、いまさらに古い本も読もうと、あえて言挙《ことあ》げするゆえんです。

（1997年5月12日）

## 再考再生の再

再読。再訪。再考。再という言葉を使った日本語を、わたしたちは多く使います。そういうときの再という言葉には、独特の意味合いがこもっています。レクリエーションのレ、リサイクルのリ、あるいはリフレッシュのリ。それは、再び、もう一度という意味の再です。

しかし、再考、再生、再読というときには、もっと積極的な意味がこめられています。再読とは、読んでもう一度確かめる、あるいは確かにすることであり、再考というのは、考えて確かめる、考えて確かにしていくという意味合いをこめて使います。

再というときは、前からあったものをもう一度繰り返すというふうにとらえられがちですが、そうではなくて、新しい始まり、新たな意味というものを、いま現在のなかにもう一度みちびきいれようという、積極的な意味合いをつよく含めて使ってきたように思います。再生というときは、生の確かめなおしであり、昔話や伝承、古い民話などをもう一度現在によみがえらせることを再話といいます。再という言葉は、このように自発的で積極的な意味をもった言葉として、自覚的にも無意識のうちにも使われてきました。

今日のわたしたちに必要なものとして求められている視点は、この再ということではないか。自覚的に再という視点を自分たちの生き方、考え方のなかに、いま取り戻すことが必要なのではないかと思うのです。

明治から大正にかけて生きた、山村暮鳥《ぼちょう》という詩人がいました。一八八四年（明治一七年）に生まれ、一九二四年（大正一三年）に亡くなりました。その生涯は苦労の多いものでした。クリスチャンになり、日露戦争に従軍し、ボードレールに熱中して、詩を書きはじめます。萩原朔太郎や室生犀星らとともに雑誌をつくり、とてもうつくしい詩を書いていましたが、のちに生まれたばかりの子どもを亡くした苦しみから、いままでと一変して、穏やかで平明な心の風景を詩に書くようになります。人生を何度も自分で再発見しながら生きていったような詩人なのですが、その山村暮鳥の詩に、「地を嗣《つ》ぐもの」という詩があります（『全詩集大成・現代日本詩人全集』第四巻、創元社による）。

みちばたであそんでゐた

ひとりのこども
どろを捏《こ》ねてゐた
そのこども
そのどろで
山をこしらへ
そこに木を植ゑ
家をたて
馬をつくり
そのつぎに人間をふたりこしらへ
その人間に言葉をかけて
ちちよ
ははよ
これでもうおしまひだから
一ばん強く
そして大きく
こんどは自分を創ります

お、あのこども

この詩には、再という言葉こそ用いられていませんが、地を嗣ぐという考え方、世界に対する関係のもち方がうたわれています。泥を捏《こ》ねて世界をつくり、自分で自分をつくる。詩人はその子どもの遊びのなかに尊いものを見て、それが重要だとうたっています。再という言葉のほんとうの意味は、この詩の子どものように、自分の生きている場所、大地、世界というものを自分で受けついでゆくことなのだということを、よく表している詩だと思えます。

ここでの再は、もう一度、再びというだけの意味ではありません。自分の手で泥を捏ねて、自分で世界をつくってゆく。そして、それを自分にとって確かな世界として感じられるようにする。自分で山をつくり、木を植え、家をたて、馬をつくり、人間を二人つくり、それは父と母ですが、そして、そのあと子どもの自分が生まれてくる。泥んこ遊びをする子どもをうたった詩を通して、人の生き方の基本にあるのは、再創造なのだという思いを、詩人は簡潔な言葉で、まっすぐに伝えようとしているように思います。

この詩の子どものように、自分で泥を捏ねる。そして、この世界が自分たちの世界なのだということを、はっきり感じられるようにする。そのような再という行動、再創造という考え方を手放さないこと。

再思再考。再読。再発見。再確認。再編。失敗しても再挑戦、そして再創造して、再生してゆくというふうに、さまざまに切実な局面で、再という言葉は使われてきました。

この世界の子どもであるわたしたちに必要なことは、一か八かといった一発勝負ではなく、創造というのは再創造であり、発見というのは再発見なのだという考え方、受けとめ方を、毎日の生活のなかに、自分の生き方、感じ方のなかに、蘇生させてゆく努力ではないのでしょうか。

（1997年8月25日）

# 記憶を育てる

今日になくてはならないものとなったコンピューターの中枢をなすのは、記憶(メモリ)です。いまや人間の生活になくてはならないコンピューターの価値がその記憶機能なしにはないように、人間の生活の中枢をなしているもの、なしてきたものは、記憶です。

記憶は、つねに人間にとってもっとも大切なものを育ててきました。たとえば、教育の根幹をなすのは、教えられたこと学んだことの記憶です。また、今日のような高齢社会で避けられないことは、ぼけて記憶の力が弱まることからくる困難です。

人間の人間らしさを、記憶はささえます。しかし、記憶は、何もしないでもおのずから自分の中にあるのではありません。それぞれが自ら時間をかけて育てるべきものが記憶であり、ひとは記憶によって育てられ、記憶にみちびかれて自分にとって大切なものを手にしてきました。

中世のヨーロッパでもっとも重んじられたのは、記憶術でした。『記憶術と書物』という本によれば（メアリー・カラザース、別宮貞徳監訳、工作舎）、記憶は、中世ヨーロッパにおいてあらゆるものの基礎をなすもので、賢い判断、賢慮という徳をみちびくものとされていました。書物が簡単に手に入らなかった時代に、記憶の訓練は大きな意味をもっていました。鍛え上げられた記憶の中にこそ、人格や判断力、市民性、信仰心を築くことができたからです。

記憶力を鍛えるというのは、便宜上の選択ではなく、倫理の問題だったのです。

記憶というのは、「覚えている」ということではなく、「自ら見つけだす」ということです。というのも、すべてを覚えていることはできないために、人の記憶は本質的に不完全であり、そのために記憶というのは、断片、かけらを集める、そしてまとめることだからです。記憶は心に結ばれる像の、イメージの倉庫でした。「心の中」という言葉は、「記憶の中」と同じ意味をもっていました。大切な事柄は「あなたの心の中に記しておきなさい」と言った、とされます。

記憶は、言いかえれば、自分の心の中に、自分で書き込むという行為です。驚きを書き込む。悲しみを書き込む。喜びを書き込む。そうやって、自分でつくりあげるのが、記憶です。

フランスの映画監督のアラン・レネはパリ国立図書館のドキュメンタリーを撮って、『世界のすべての記憶』と名づけました。そこには、記憶とは、人間をつくってきた歴史であり、人間がつくってゆくだろう歴史であり、図書館はその倉庫なのだという考え方があります。

ひるがえっていま、わたしたちは人間がとうてい及ばないような記憶力をもったコンピューターに自分たちの記憶をゆだね、記憶することを助けてもらっている。人間が自ら記憶力を手放してしまっているような危うさを感じます。

詩集『記憶のつくり方』(朝日文庫)のあとがきに、わたしはこう記しました。

記憶は、過去のものではない。それは、すでに過ぎ去ったもののことではなく、むしろ過ぎ去らなかったもののことだ。とどまるのが記憶であり、じぶんのうちに確かにとどまって、じぶんの現在の土壌となってきたものは、記憶だ。記憶という土の中に種子を播いて、季節のなかで手をかけてそだてることができなければ、ことばはなかなか実らない。じぶんの記憶をよく耕すこと。その記憶の庭にそだってゆくものが、人生とよばれるものなのだと思う。

人の考える力、感じる力をつくってきたのは、つねに記憶です。けれども、もっぱらコンピューターに記憶をゆだねて、自分を確かにしてゆくものとしての生きた記憶の力が、一人一人のうちにとみに失われてきているように見える今日です。あらためて、人間的な記憶を日々に育ててゆくことの大切さを、自分の心に確かめたいものです。

(1998年2月11日)

## 受信力の回復を

わたしたちにとっての情報のあり方やコミュニケーションのあり方をめぐって、このところずっと強調されてきたことは、まず「発信する」ということの大事さです。発信するというのは、自分から外部へ、情報を送りだすこと、言葉を発してゆくこと、意味を表してゆくことです。わたしたちの今日を特徴づけるのは、なにより情報産業の発達ですが、情報産業というのは、そのまま発信産業といっていいほど、発信するちからを引きだすことにちからを注ぐことで発達してきました。

けれども、発信することの大事さが強調されればされるほど、逆に、いつかすっかり衰えてきているように思えるのが、「受信する」ちからです。

他者の発しているシグナル。他者の求めているコミュニケーション。他者の言葉。他者の沈黙。そうした他者の存在というものを、自分から受けとめることのできる確かな受信力が、ずいぶん落ちてしまっているのではないか。そしてそうした受信力の欠如が、今では、社会のあり方を歪ませるまでになってしまっていないか、どうなのか。

受信するちからを、自分のうちに、生き生きとたもつことができるように、もっと苦心しなければならない、と思うのです。そうでないと、大切なものを自分に受けとめて、自ら愉《たの》しむということが、いつかできないままになってしまう。

受信力が自ら愉しむちからを、人それぞれのうちに育てるのだということ。そのことを考えるとき、思い合わせるのは一冊の本です。亡くなられた中国文学者の入矢義高さんが心を砕かれた『良寛詩集』です（漢詩集訳注、東洋文庫、平凡社）。

良寛は、歌を詠み、漢詩をつくった人ですが、巧言文飾をとことんきらって、質直な言葉だけをたずねます。そうして、あくまでも「詩は心中の物を写すべし」と言い切った人です。それは「単に心情をありのままに表白すべしというだけ」のことにとどまるのではないと、入矢さんは注しています。

良寛の心の中につねにあったのは、中国の寒山の生き方です。寒山は、仕官立身の道を離れて、山深く入って住んで、隠者の道を選んだ人ですが、隠者という生き方を自ら選んだとき、「おそらく彼自身も予期しなかった新しい世界への目」が、寒山には開かれることになったのではないか。

入矢さんによれば、「山も水も草木も、そして月までも、今までのそれとは違った姿を彼に開示した。眺める人と眺められる景物との不思議な融会が彼を領したのである」と。良寛が自分にのぞんだのも、寒山がのぞんだのとおなじです。

日々のあり方を変える。そうすることで、へつらいのない言葉を可能にするような「箇中」の生き方、一人の生き方をもとめた。良寛がのぞんだのは、世にむけて発信する言葉ではなく、自ら生きる方法としての言葉でした。

「発信する」ばかりの人は「自ら称して有識と為す」人だ、と良寛は言います。ですから「諸人みな是となす」。けれども「却って本来の事を問えば、一箇も使う能わず」。大事なのはどんな言葉か。言いつのる言葉ではない言葉、受けとめる言葉のあり方です。

しかし、ふりかえって周囲を見わたすと、一方的に発信する言葉だけが容易に手に入るいまの世に、確実に失われてきてしまったのは、他者の言葉をきちんと受信し、きちんと受けとめられるだけの器量をもった言葉です。

「妄と道《い》えば一切は妄。真と道えば一切は真。真の外《ほか》に更に妄なく、妄の外に別に真なし。如何《いか》なれば修道子は只管《ひたすら》真を覔《もと》めんと要《ほっ》するや。試みに覔むる底の心を看よ。是れ妄か　将《は》た是れ真か」。良寛はそう言います。

入矢さんの訳で読むと――「虚妄と言うなら一切は虚妄。真実と言うなら一切は真実。真実のほかに更に虚妄があるのではなく、虚妄のほかに別に真実があるのではない。しかるにどうしたわけで修道者たちは、ひたすら真実のみを追求したがるのか。ひとつその追求する心そのものを観察してみよ。その心は虚妄なのか、それとも真実なのか」

ひたすら是非のみを決めつけようとすれば、どこかで間違えます。そして、おのれの正しさだけを掲げて、是非を違える他者を排する結果にゆきつきます。そのような愚かしさは、良寛の生きた世でも、わたしたちの今の世でも、あまり変わりません。

「仏は是れ自心の作《な》るもの。道も亦《また》有為に非ず。爾《なんじ》に報ず　能《よ》く信受して、外頭に傍《そ》うて之《ゆ》く勿《なか》れ」

入矢さんの訳――「仏はこの自らの心がなるものだ。道も作為とは関わりのないものだ。君たちにもの申す、このことをしかと受け止めて、外がわのものにくっついて行くではない」

受信力の回復がのぞまれるいま、思いだしたい良寛の言葉です。

（1998年7月2日）

# 第一回桑原武夫学芸賞

気がつくと大きな影響を受けていたというのがわたしにとって桑原武夫という存在で、影響を受けたといっても、それは桑原武夫集に集められた中心的なお仕事やジャーナリズムの台風の目となった目ざましいお仕事によってというよりも、むしろもっとマージナルでパーソナルなお仕事によってです。

桑原さんの名を初めて知ったのは中学二年生のとき。十四歳で、きっかけは論争となった福田恆存《つねあり》さんの『平和論の進め方についての疑問』（最初に雑誌にでたときのタイトルは確かそうでした）と同時にでた、平和論をめぐる『雲の中を歩んではならない』です。図書館の購入希望図書カードにその二冊を書いて出して、翌日、図書館の係の上級生と先生に呼びだされて、質されたときが最初です。けれども、影響を受けたのは、そののちに読んだ一九五四年にでていた岩波新書の『新唐詩選続篇』と、そして一九五六年にでた『岩波小辞典西洋文学』と岩波新書の『一日一言』によってでした。

『新唐詩選続篇』の桑原さんの文章によって、洗練された言葉の世界であると同時に、わたしたちの日々の生活とつらなった、日常と同じ論理が支配する、漢詩の世界の魅力を知りました。もっとも日本流の読み下し文によってしか、いまも漢詩を知りませんが、桑原さんの訳詩のみごとさとあいまって、日々の生活とつらなる漢詩という詩の言葉の魅力がどういうものかを知って、少年のわたしは強い刺激を受けました。

『岩波小辞典西洋文学』は、いま手にしても変わった辞典で、多田道太郎さんも執筆のメンバーにくわわっておられますが、「文芸思潮、文学用語などには項目をたてず、もっぱら文学者をとりあげ、そこですべてを処理しようとした」とはしがきにあって、徹頭徹尾読む辞典、読んで面白い辞典であり、はじめからおしまいまで全部読んだ辞典というのは、わたしの場合いままでその辞典だけです。その辞典にみちびかれて、わたしは将来、大学の文学部にすすみたいと思いました。文学は人間を知る営みであることを、少年のわたしに教えてくれた一冊です。

もう一冊の『一日一言』は、その日に世界に何が起こったかを、遺された言葉によって簡潔に刻んだ、いわば精神のカレンダーのような本ですが、わたしはその本によって、生きられた言葉が歴史をつくるということを深く学んだように思います。ちなみに今日七月十四日に挙げられているのは、もちろんフランス革命の始まりとなったバスチーユ陥落ですが、昨日十三日に挙げられているのは、昨日が命日のフランスの文学者スタール夫人で、「文学に、そして思考の技術に大きな重要性をあたえるのは、なんと人間的であり、なんと有益なことだろう」という夫人の言葉が収められています。

それで終わりではありませんでした。そののち、わたしがもっとも大きく揺さぶられた本に、桑原さんの二つの思いがけない翻訳、それもどちらも明治の日本人の翻訳があります。どちらも岩波文庫ですが、一つは一九六五年にでた中江兆民の『三酔人経綸問答』。一九六〇年代にもっともつよい影響を受けた本を挙げよといわれたら、対話的世界の可能性を教えられたこの本を、わたしは第一に挙げます。もう一冊は、その十二年後の一九七七年にでた『啄木 ローマ字日記』です。日本語で書く一人として、啄木がローマ字で書き、フランス語を専門とされた桑原さんが現代の日本語に訳されたこの本は、問いかけをもった本です。桑原さんがあらためて世に突きつけるまで長く忘れられていたこの本ほど、言葉を書くということが何を表現し、何を意味することかを、読むものに考えさせる本はありません。

一九八八年に桑原さんが亡くなられたとき、雑誌に詩を連載していたわたしは、桑原さんの死を悼んで、詩を一篇書きました。その詩を、いまあらためて、桑原武夫学芸賞受賞の謝辞とさせていただきたく思います。

## 桑原武夫（一九〇四—八八）

えらそうな　物言いには
（言うとるわ、　言うとるわ）

もったいぶった　物言いには
（あほらし。あほらしやの鐘が鳴りまっせ）

思イ邪マ無ク　語ルベシである
意深クシテ　詞浅クアレである

高級かどうか　でなく　誠実かどうか
尊ぶべきは　風流でなく　野暮だ

雲の中を　歩んではならない

つねに　はじめに　人間ありきだ

新しい思想を　説くことをしなかった

新しい態度を　鮮やかに生きた人だった

桑原さんはわたしにとって、そのような人でした。

（1998年7月14日、東京会館）

# 時間のなかの故郷

中国地方だったと思いますが、緑なす山合いの過疎の村で、いまは一人で暮らしているおばあさんの人生を、いつだったかテレビで見たことがあります。もう九十歳に近いおばあさんで、山の上の一軒家に一人で住んで、畑仕事をして暮らしている。夫はずいぶん前に亡くなり、育てた子どもたちは大きくなって遠くの街へ出ていったので、いまは広い家に一人です。

そのおばあさんのところへ、同じ村に住む（と言っても、おたがいの家は山を隔てているのですが）、いまはそれぞれやはり一人で暮らしている二人のお年寄りが年に一度、訪ねてくる。三人のお年寄りは、おばあさんが二人、おじいさんが一人。みんな同じ歳です。三人はこの村の尋常小学校の同級生なのです。もう三人しかのこっていない。で、年に一度集まって、三人で同級会をする。家族の誰とよりも付き合いの長い三人です。

もちろん三人はめいめいに違った、光と影のある人生を歩んできました。戦争があり、苦労があった。村の暮らしもすっかり変わりました。ずっとその村に暮らしてきたけれども、三人のお年寄りにとってのなつかしい故郷は、すっかり変わった村ではなく、自分たちのほんとうの故郷は、子どものときにかよった尋常小学校でおたがいが共にした時間です。

かつて「ふるさとの山にむかいて」と、石川啄木は歌いました。「ふるさとは遠きにありて」と、室生犀星は歌いました。しかし、変化に次ぐ変化、激変に次ぐ激変を重ねてきた二十世紀の百年を経たいまでは、故郷はもはや、いつでも「そこにある」ものでもなければ、「遠くにある」ものでもなく、いつしか「どこにもない」場所のようになりました。

その意味では、わたしたちにとって故郷と言えるのは、過ぎ去った時間のほかにないと言っていいのかもしれません。故郷というのは、過ぎ去った時間の手ざわり、感触といったものではないか、と思われてなりません。

自分自身のことをふりかえっても、わたしのでた小学校、中学校は、街の真ん中にあったのですが、いまは場所も移り、かつて学校のあったところは、何度も建物が建て替えられたあげく、もう何もない空き地になり、駐車場になっていると聞きます。心の故郷としての小学校、中学校は、そのときそこで同じ時間を共にした者が分けもつ記憶のなかにしか、すでになくなっています。現実には何ものこっていない。のこっているのは、ただ心の拠りどころとなる鮮やかな記憶だけです。

明治十五年、一八八二年に、「世の中はおのが心の姿なり、善きも悪しきも外になくして」という序文つきででた名高い『新体詩抄』という詩集があります。この国の近代詩の先駆けとなった詩集ですが、明治の世に広く愛されたのは、英国の詩人トマス・グレイのエレジー、矢田部良吉訳「グレー氏墳上感懐の詩」という一篇です(『日本現代詩大系』第一巻、河出書房による)。

山々かすみいりあひの
鐘はなりつゝ野の牛は
徐に歩み帰り行く
耕へす人もうちつかれ
やうやく去りて余ひとり
たそがれ時に残りけり

と、はじまる詩です。

そんなふうに、故郷の村の墓地に眠る人びとの生涯に寄せる挽歌とともにはじまった。それが、近代のこの国の百年の時代だったのです。故郷というのが、そこで生まれた土地でもそこで育った風景でもなく、もはや自分たちの生きたそのときの時間のなかにしかないというのが、否応ないこの百年の時代だったのではないでしょうか。

そのときにそこで生きた時間、生きられた時間のほかには、もう故郷というものをもっていない。そのような二十世紀のわたしたちの来し方をふりかえって、わたしたちをささえてきた、そしていまもささえている「時間のなかの故郷」のもつ意味を、自分で自分に訊ねてみることが、自ら問いただし確かめることが、いま、あらためて深く求められている。その時間の重みを考えます。

（1998年11月16日）

## 気風の問題

たとえば、学校が学歴として語られること、また、学校が偏差値で測られる格付けのような仕方で語られることは、けっして好ましいことではありません。いまでは、学校についてみだりに話さないということが、ごく当然のようになりました。ただそのために、学校について、この頃すっかり忘れられるままになってしまったことがあります。

学校について、校風もしくは学風が問われる、語られるということが、今はほとんどなくなりました。長いあいだ、学校の魅力の本質をなしてきたものは、しかし、校風あるいは学風とよばれるものでした。学校の魅力を測る、それぞれにとっての心の尺度だったのが校風であり、学風です。

学校は英語でスクールですが、スクールはもともと、学校という意味と同時に、学問・芸術・心情などの流派、学派、学風といった「気風」を表す言葉でもあります。学校というのは、本質的にそうした気風に拠って立つべきものが学校です。

後になって、とりわけ学生時代などの思い出の核となるのは、若いときにどんな気風の下に日々を過ごし、自分自身を見いだしたかということです。自分がそのなかにいた時代の空気、学校の環境、街の雰囲気、個性ある先生に学んだことや、同級生たち、友人たちと分け合った気分などなど、自分を育ててくれたものとは、自分がそのなかに生きた気風です。

広津和郎という作家の印象的な回想記を覚えています（『年月のあしおと』講談社文芸文庫）。広津和郎は明治の東京に生まれて、麻布中学から早稲田の文科に行った。一九〇九年、いまからちょうど九十年前の早稲田です。英文科に行って、坪内逍遥にバーナード・ショーを教わった。広津和郎が入ったときは、早稲田の文科は、四月に入学すれば無試験だった。ただし入ってからは進級試験があって、文科でも化学も物理も幾何も試験があり、さすがに四苦八苦しています。

ただ広津和郎の家の暮らしは逼迫《ひっぱく》していて、家は青山の霞町で、早稲田に行くには市電で乗換え、乗換えして、大学まで通う。しかし、その毎日の片道五銭の電車賃しか家から貰えない。そこで、青山から早稲田まで、毎日一時間半近くかけて歩いて通った。霞町から青山墓地をぬけて、青山三丁目から、そのころは練兵場だった外苑を信濃町にぬけて、柳町、喜久井町を通って馬場下、そして大学に行った。

それほどまでして行った大学ですが、校舎は「世にもひどい教室」で、雨の日は教室で本も読めないほど薄暗く、講義も魅力はない。しかし、誰もが文学に夢中だったと、広津和郎は書いています。翻訳のないロシア文学を英語で夢中になって読んだ。

広津和郎という一人の作家を育てたのは、明治大正の早稲田のもっていた気風です。そうした気風を育てたのは早稲田の街だと言ったのは、広津和郎より二十歳ほど早稲田の後輩になる井伏鱒二です。井伏は早稲田の森について書き、早稲田という大学は街のなかの杜《もり》だったと書きました（『早稲田の森』新潮社）。

学校のある街が育てるのが、その学校の気風です。

校風、学風の「風《ふう》」は気風のことですが、物事についての判断、人についての判断、あるいは会社についての判断、地域についての判断などなど、人の暮らしに係わる一切に大きな力となってきたのは、気風です。気風を育てる、そして気風に育てられるということの大事さに、もう一度よくよく思いを致すべきではないだろうかと考えます。

（1999年4月21日）

## 「退屈」の研究

今日、もっとも退けられるべき第一のものと言えば、たぶん「退屈」です。「退屈」したらおしまい。「退屈」にまさるストレスはなく、「退屈」にまさる不安もなく、「退屈」という言葉ほど、人を脅かす言葉もありません。この世で、「退屈」ほどに、人の恐れるものはないかのようです。なぜそれほどに、今日「退屈」は恐れられ、疎まれるのか。しかし、よくよく胸に手を置いて考えれば、「退屈」こそ、じつは万物の母なのではないのでしょうか。「退屈」を、ゆっくりした時間、ゆったりした時間としてすすんで捉えかえすことができれば、「退屈」のない多忙、興奮のみをよしとする日々の窮屈さに気づくはず。そう思うのです。

「退屈」すると、きまって心に思い浮かぶのは、芥川龍之介の二つの文章です。どちらも、東京の街で芥川が見かけた、寒山拾得《かんざんじっとく》の話です。

一つは、ある日、芥川が先生とよぶ夏目漱石を訪ねて文学論をふっかけて、先生を浮かない顔にさせて、江戸川の終点から電車に乗る。街中を走る市電、のちに都電とよばれた電車です。電車は込んでいて、立って本を読んでいた芥川がふと窓の外を見ると、飯田橋の往来を、妙な男が二人歩いている。すると、隣の吊り革にいた道具屋じみた男が「やあ、又寒山拾得が歩いてゐるな」と呟きます。確かに二人の男は、箒をかついで巻物をもって、のっそりかんと歩いていた。

本物の寒山拾得が揃《そろ》って、現代の飯田橋を歩いているなんて信じられないので、「本当に昔の寒山拾得ですか」と訊くと、「さうです。私はこの間も、商業会議所の外で遇ひました」。「へええ、僕はもう二人とも、とうに死んだのかと思つてゐました」と言うと、「何、死にやしません。ああ見えたつて、ありや普賢文殊《ふげんもんじゅ》です」。電車は動きだし、「今見た寒山拾得の怪しげな姿が懐《なつか》しく」思われて、芥川はふりかえります。彼らは「朗《ほがらか》な晩秋の日の光の中に、箒をかついで歩いてゐた」(「寒山拾得」)

もう一つは、今度は、夕暮れ近い日比谷公園で。「云ひやうのない疲労と倦怠とが、重たくおれの心の上にのしかかつてゐるのを感じ」ながら、芥川は公園を歩いていた。黄昏が運んでくる「秋の匂の中に、困憊《こんぱい》を重ねたおれ自身を名残りなく浸《ひた》す事が出来たら——」と思いながら歩いていたとき、前の方に、異様な風体の「二人の男が、静に竹箒《たけぼうき》を動かしながら、路上に明《あか》る く散り乱れた篠懸《すずかけ》の落葉を掃いて」いるのを見ます。その二人の姿を見て、芥川は引きかえします。

が、いままでの疲労と倦怠の代わりに、いつか「静な悦びがしつとりと薄明《うすあか》る く」、心に溢れていると思う。「寒山拾得は生きてゐる。永劫の流転を閲《けみ》しながらも、今日猶この公園の篠懸の落葉を掻いてゐる。あの二人が生きてゐる限り、懐しい古《こ》東洋の秋の夢は、まだ全《まった》く東京の町から消え去つてゐないのに違ひない」。それこそが疲れた人間を蘇えらせてくれる「秋の夢」、というふうに、芥川は書きとめています(「東洋の秋」)。

寒山と拾得は、中国の唐の時代の伝説の人で、世間の枠におさまらない生き方をした二人の奇人です。一人はいつも箒をもち、もう一人はいつも本をもっていて、食事も衣服も貧しいままに生きたけれども、悠々と朗らかに日を過ごし、文殊と普賢の再来と噂されて、古くからペアでたくさん絵に描かれてきた人物です。その笑顔はとても印象的です。

疲労や倦怠や怒りや諦めに閉ざされてしまうような人生の時間を、「静《しず》かな悦び」や「朗《ほが》ら かさ」に変えることができたのが、伝説の寒山拾得です。寒山拾得は、人生のかかえもつ退屈を、自ら楽しむことができた人たちです。退屈を楽しむどころかすっかり怖れるようになった現代にいなくなったのは、寒山拾得のような人たちです。

芥川龍之介は、退屈することを非常にきらい、退屈を極端なほど怖れた人でした。人と話すか、本を読むか、考えているか、書いているか、散歩するか、とにかく二六時中なんとかして心を働かせないではいられない、そういう人でした。現代の風景のなかに寒山拾得をよみがえらせようとした芥川ですが、芥川自身はその人生を自殺によって閉じています。ある意味では、芥川を打ち倒したのは、人生の耐えられない退屈さです。

話を最初に戻せば、人生のかたちを決めるのは、人生の「退屈」とどう付き合うかではないでしょうか。そして今は、「退屈」を、ゆっくりした時間、ゆったりした時間としてすすんで捉えかえすべきときではないでしょうか。いつも心の風景のなかに、寒山拾得の笑顔を思いだすようにしたい。たとえ適わぬ生き方であってもです。

（1999年8月27日）

## 遠くを見る眼

かつて日本の物語や詩の表現の世界に、独特のひろびろとした魅力をもたらしたものは、遠くを見やる眼差し、遠くのものをはっきりと見つめる眼、でした。美しかるべきものは、澄んだ眼で見る風景です。

遠くを見る眼が、人の心持ちを、どのようにきれいにするか。たとえば、高村光太郎の「あどけない話」という詩がひろく伝えてきた「ほんとの空」の色。

智恵子は東京に空が無いといふ、
ほんとの空が見たいといふ。
私は驚いて空を見る。

桜若葉の間に在るのは、
切つても切れない
むかしなじみのきれいな空だ。
どんよりけむる地平のぼかしは
うすもも色の朝のしめりだ。
智恵子は遠くを見ながら言ふ。
阿多多羅山《あたたらやま》の山の上に
毎日出てゐる青い空が
智恵子のほんとの空だといふ。
あどけない空の話である。

昭和三年、一九二八年に書かれた詩ですが、いま読んでもこちらの胸に、ほんとの空の青さが染みてきます(『高村光太郎全集』第二巻による)。

遠くを見る眼がもたらす、風景のなかに溶け込んでゆくような柔らかな感じ。そのふしぎな陶酔感を伝えて、一度読んだら忘れられない印象をのこしてきたのは、志賀直哉の『暗夜行路』のラストシーンに近い、大山《だいせん》山中の、静かな朝の色です(岩波文庫、二〇〇四年、改版による)。

（……）何時《いつ》か、四辺《あたり》は青味勝ちの夜明けになっていた。星はまだ姿を隠さず、数だけが少くなっていた。空が柔かい青味を帯びていた。それを彼は慈愛を含んだ色だという風に感じた。山裾の靄《もや》は晴れ、麓の村々の電燈が、まばらに眺められた。米子《よなご》の灯《ひ》も見え、遠く夜見《よみ》ヶ浜《はま》の突先《とっさき》にある境港《さかいみなと》の灯《ひ》も見えた。或る時間を置いて、時々強く光るのは美保《みほ》の関《せき》の燈台に違いなかった。湖のような中《なか》の海《うみ》はこの山の陰になっているためまだ暗かったが、外海《そとうみ》の方はもう海面に鼠色の光を持っていた。

明方の風物の変化は非常に早かった。少時《しばらく》して、彼が振返って見た時には山頂の彼方《むこう》から湧上るように橙色《だいだいいろ》の曙光《しょこう》が昇って来た。

遠くを見る眼というのは、いま、ここに在ることの、存在の感覚を鋭くします。眼を上げて、遠くを見る。わたしたちはしばしば、そうやって遠くを見ることで、自分の場所、自分の位置を確かにしようとしてきました。そうして、眼を上げて、遠くを見て、思い知るのは、人間の本当の大きさです。

自我をひたすらに大きくすることを成長とよびがちですが、遠くから見れば、人間の自分というのは、『暗夜行路』の主人公の言葉で言うと「芥子粒ほどに小さい」。「あどけない話」の

「ほんとの空」の下では、人間は小さな存在です。人の慈しみというものを育ててきたのは、きっとそういう人間の小ささの自覚だろうということを考えるのです。

『暗夜行路』には、遠くを見ている大山《だいせん》の茶屋の老人の姿も暗示的に描かれています。

(……)八十近い白髪《しらが》の老人が立てた長い脛《すね》を両手で抱《だ》くようにして、広い裾野から遠く中《なか》の海《うみ》、夜見《よみ》ケ浜《はま》、美保《みほ》の関《せき》、更にそと海まで眺められる景色を前に、静かに腰を下ろしている。老人は謙作たちが入って来たのも気附かぬ風で、遠くを眺めていた。

(……)この老人にすればこれは毎日見ている景色であろう。それを厭《あ》かずこうして眺めている。一体この老人は何を考えているのだろう。勿論《もちろん》将来を考えているのではない。また恐らく現在を考えているのでもあるまい。長い一生、その長い過去の色々な出来事を老人は憶い出しているのではあるまいか。否、それさえ恐らく、今は忘れているだろう。老人は山の老樹《ろうじゅ》のように、あるいは苔むした岩のように、この景色の前にただ其所に置かれてあるのだ。そしてもし何か考えているとすれば、それは樹が考え、岩が考える程度にしか考えていないだろう。謙作はそんな気がした。彼にはその静寂な感じが羨《うらや》ましかった。

こうした遠くを見る眼差しをもった詩や物語が書かれて、六、七十年が経っています。しかし、今日の技術の時代には、ますます近くを精密に見る眼が重んじられても、遠くを見る視力はかえって衰えてきているのではないかと疑われます。

今では、日常生活や旅の楽しみに、遠くを見やることが心のひろがりをもたらすことであるという思いは、いつのまにか薄れてきてしまっているのではないでしょうか。外では手にケータイを持って小さな画面を凝視し、部屋ではパソコンの画面を目の先に見据えて動かない。遠くを見ることがなくなった毎日が、日々の視野を狭めて、目先にとらわれる性向を、社会にますます強めてはいないでしょうか。

二十一世紀にむかって回復したい、ひろびろと遠くを見わたす眼差しの大切さが、今こそたずねられなければならないと、わたしはつよくそう思っています。

（1999年12月3日）

# 語彙の行く末

日々をいろどる季節や風景、住まいや家並み、人びとの姿や道具。どちらをむいても、私たちの日々をとりまく環境は、どんどん変わってきました。これからも変わりつづけるにちがいありません。変化や新しさは、時代の表情を変える力をもっています。

けれども、そう言えるのは、目に見えるものについてです。モノの変化、かたちの変化、暮らしの変化、暮らし方の変化といった目に見える変化が、わたしたちにもたらすもっとも大きな変化は、実は、目に見えないものの変化ではないか、と思います。

目に見えないものの変化というのは、すなわち言葉の変化です。言葉の変化というと、流行語や若者言葉の変化と考えられがちですが、そうではなく、言葉ほど、目に見えないものの変化を反映しているものはないのです。

ごく普通の何でもないような言葉に見える。しかし、その言葉によって、自分が生かされているると感じている言葉というのがあります。

たとえば、「梢《こずえ》」という言葉です。

木の枝の先を言う言葉です。「梢の隙間を洩れて来る日光が、径のそこここや杉の幹へ、蠟燭で照らしたやうな弱い日なたを作つてゐた。歩いてゆく私の頭の影や肩先の影がそんななかへ現はれては消えた。なかには「まさかこれまでが」と思ふほど淡いのが草の葉などに染まつてゐた。試しに杖をあげて見ると、さ、さ、く、れ、までがはつきりと写つた」。梶井基次郎の「筧《かけい》の話」という文章です(『梶井基次郎全集』第一巻による)。

こういうふうに梢という言葉が、私たちの見ている風景のなかに、今日なくてはならぬ言葉、心の風景をつくる言葉としてあるだろうかということを考えるのです。ふだんわたしたちはいまは木を見上げるということをしなくなっています。文章の題の「筧」も、水を引く樋《とい》をさす言葉ですが、いまは普段に見るものでなくなって、その言葉が表していた趣というものは、わたしたちの語彙にはすでにありません。

あるいは、「しげしげと」という言葉。

「寝床から抜け出し縁側に出る。煙草に火をつけ、うらうらとした陽ざしの中へゆっくりと煙を上げる。激しい勢で若葉を吹き出している庭前の木や草を、しげしげと眺める。「俺は、今生きて、ここに、こうしている」こういう思いが、これ以上を求め得ぬ幸福感となって胸をしめつけるのだ。心につながるもの、目につながるものの一切が、しめやかな、しかし断ちがたい愛惜の対象となるのもこういう時だ」。これは、尾崎一雄「美しい墓地からの眺め」の一節（岩波文庫ほか）。

「しげしげと眺める」というしんとした動作から、「心につながるもの、目につながるもの」への愛惜が生まれてくる秘密が、ここにはさりげなく語られています。こういうふうな「しげしげと」という動作を表す言葉が、今日なくてはならぬ言葉、心の風景をつくる言葉としてあるだろうかということを考えます。私たちは今日ますますスピードをあげて生きることに追われて、「しげしげと目の前の風景を眺める」習慣をなくしてはいないでしょうか。そして、そのために「幸福感」をも。

もう一つ、「本」という言葉。

本という言葉は、いまでももちろん日々に親しい言葉です。しかし、本という言葉が喚起する次のような感情は、いまはもう私たちに日々に親しいものではなくなってきています。「その頃の本は読むものだった。古本屋にはいい本が置いてあってそれを漁って歩くのが楽しみだった。一体に本にはその匂いというものがあって本が選りすぐられたものであるに従って本の匂いがそこに漂う。その中から一冊を手に入れるのはその匂いを持って帰るようなものだった」。これは、吉田健一『東京の昔』の一節（中公文庫）。

活字という文字には匂いがあった。新聞には新聞の言葉の匂い、辞書には辞書の活字の匂いがありました。言葉は意味だけでできているのではなくて、文字には墨の匂い、インクの匂い、紙の手触り、風合いがありました。本を手にする、本を読むことは、そういう感覚を覚えるということでもあったけれども、そういうふうに「本」という言葉も今日では、もうなくてはならぬ言葉、心の風景をつくる言葉として、ある親身な感覚を喚起する言葉というふうではなくなっています。

本来、そのまわりにさまざまなものを集めるのが、言葉の本質です。風景を集める。感情を集める。時間を集める。ヴィジョンを集める。人を集める。記憶を集める。そういう言葉を自分のなかにどれだけもっているかが、胸のひろさ、心のゆたかさをつくる。

こんなふうに、語彙の行く末をたずねてゆくと、そこに見えてくるのは、わたしたちの日々の心の風景です。いまは言葉が使い捨てになっていないか、どうか。言葉を使い捨てることは心を使い捨てることです。いまは心が使い捨てになっていないか、どうか。

モノは豊富になったけれども、逆に語彙が乏しくなった。そのために、さまざまな言葉によってわたしたちがずっと得てきた心のひろがりや陰影やゆたかさ、奥行きが削られて、わたしたちの日々のあり方が狭く窮屈なものになってしまっているとすれば、問題です。

言葉むなしければ、人はむなしい。語彙というのは、心という財布に、自分が使える言葉をどれだけゆたかにもっているかということです。その言葉によって、いま、ここに在ることが生き生きと感じられてくる。そういう言葉を、どれだけもっているか。いまは、言葉のあり方というのが、あらためてそれぞれの日常に、切実に問われているときのように思われます。

（2000年3月3日）

# 他山の石とする

「他山の石」という言葉があります。よく知られた、いつの時代にも通じるようなことわざの一つですが、いつの頃からか、そういう言葉に気持ちを込めること、あるいは、そうしたことわざに思いを託すこと、そしてまた、そういったことわざを通して考え方を伝えるということが、おたがいのあいだでむずかしくなってきているのではないか。そんなふうに思われるのです。

「他山の石とする」というのは、もともとは中国の古典に拠るものですが、粗悪な石でこそ、玉をみがくことができるというような意味です。人の失敗にこそよく学ばなければならない、ということです。人の振り見てわが振り直せ、ということわざも、おなじように知られてきました。

ことわざの言葉に結ばれているのは、人びとのあいだに手渡されてきた人生の知恵、人生の判断です。難しい状況に直面して、言葉を見失うようなとき、自らつかんで、身をまもることができる、とっさの木の枝のような言葉。そう言っていいかもしれません。あるいは、世の中に憤りを覚えたとき、覚えずにいられないようなときに、握りしめることのできる言葉の礫であるのも、ことわざです。

古い古い言葉なのに、もっとも今日的な意味をおびて思いだされることわざの言葉を、思い当たるままにあげると、たとえば「子は三界の首っかせ」。寸鉄人を刺すとしか言えません。「治をなすは多言にあらず」。治は政治です。つまり、政治はおしゃべりではない、ということです。あるいは、教育について。「教えるは学ぶのなかば」。まさにその通りとしか言えません。「指を惜しんで掌を失う」。小さな過ちを認めまいとして、どうにもならない羽目に陥る。事件とよばれる多くがそうです。

二十世紀がはじまってまもないころ、わたしのもっとも好きな作家の一人ですが、幸田露伴が、こんなふうに言ったことがあります。「鰻鱺《うなぎ》の頭や骨ばかりを喰はせて呉《く》れるやうな教育」に甘んじないで、「不味《まず》い魚でも宜《よ》いから、骨と頭とのみで無いところを喰べ」る。そうして「も少し実際生活に空疎《くうそ》で無く歳月を経る習慣」をもってはどうだろう、と。

今はそうではないので、「実際生活に没交渉な空疎な人は非常に多くなる。其の空疏の上に種々の立派な意思感情の宮殿楼閣を組立て〻居る。これが当世の実状のやうに思はれる」。「此の多数の空疏な人が顧客であれば、商品はおのづから堅実を欠く。此の多数な空疏な人が相手で有《あ》れば、工業は不親切になる。実際生活に空疏な人が顧客であれば、外観のみが美で、実質は良く無い商品でも排斥されずに済む。(……)社会の一切の不善不良はこ〻より生ずる」

そうして、露伴は案じて言います。「今や実際生活に空疏な人が次第に其の数を増して来て居はすまいか。空樽が転がつたやうに歳月を経て居るも宜《よ》いが、一旦忽然として空谷に墜つるやうな時に遭ふのを免れ無いといふ事が起りはすまいかと危ぶまれる。願はくは自他共に今少し実際生活に空疏ならぬやうに有り度《た》い。ゴブラン織やセーブル陶器の名を知つて居て、自分の着て居る物の名も知らず、手にして居る湯呑の佳不佳も知らぬのが、今の人の通弊である」「博大高遠な事を知つて居る。立派である。優美である。しかし」と、露伴は言います。「砂糖屋の前を自働車で走つたのでは甘みは知れまい。実際生活に空疏で無いやうに日月を経なくては、意思も感情も脚下《あしもと》が危い」(「修省論(生活の空実疏密)」『露伴全集』第二十八巻)

二十世紀がはじまってまもないころの露伴のこうした危惧は、二十世紀最後の年となった今もまだ、変わらぬ危惧としてのこっています。「むかしは明日の鏡」ということわざがあります。むかしというもの、過去というものを明日への「他山の石」とする。それが歴史というものであり、歴史がくれる考えるちからなのだと思うのです。わたしたちをつなぐ垂直なコミュニケーションが、わたしたち一人一人にとっての歴史です。

人生を理解するというのは、人生に対する視点を選びとること、自分の立つ位置を選びとるということです。どこまでも水平に、どこまでも素早くひろがってゆくコミュニケーションが圧倒的な、今のような知識の時代にこそ、切実に求められるのは、どこまでも、「実際生活に空疎ならぬように」生きるのに必要な知恵をたくわえた言葉です。

新しさをさがす知識、なにより楽観をもとめたい知識とはちがって、どうしたらよいかと、自ら日々の生き方をたずねる心に働きかけるのが、他山の石としての歴史という垂直なものがくれる知恵だと思う。知恵が人びとのあいだに育てるもの、育ててきたものとは、それぞれの時代に、それぞれの人生を幾重にもくぐりぬけてきた、「実際生活」の足元を照らす思想、足元の哲学の言葉です。

そのように、人の垂直なあり方を質して、自分のあり方、日々のあり方、社会のあり方というものを浄化してゆくような知恵が、水平なひろがりを求めつづけてきた、今のような知識の時代の先に、ほんとうは、切実に求められているのではないだろうか。わたしはそう考えています。


（２０００年７月19日）

# 長い一日の終わりに

ロシアの作家で劇作家のチェーホフが『三人姉妹』という芝居を書いたのは、いまからちょうど百年前のことでした。その後の時代の人びとに向けて、チェーホフがその芝居に書きのこしたのは、胸を強く叩くような言葉です。それは答えのない問いの言葉でした。

チェーホフは登場人物の一人に、たとえばこんなふうに語らせました。「二百年、三百年後の地上の生活は、想像も及ばぬほどすばらしい、驚くべきものになるでしょう。人間にはそういう生活が必要なので、よしんば今のところそれがないにしても、人間はそれを予感し、待ち望み、夢み、その準備をしなければなりません。そのために人間は、祖父や父が見たり知ったりしていたことより、もっと多くのことを見たり知ったりしなければ」

そして、別の登場人物には、こう語らせています。「われわれのあとでは、人が軽気球で飛行するようになるでしょうし、背広の型も変るでしょう。もしかすると第六感というやつを発見して、それを発達させるかも知れない。しかし(……)千年たったところで、人間はやっぱり「ああ、生きるのは辛《つら》い!」と、嘆息するでしょうが(……)今と同じく、死を怖《おそ》れ、死にたくないと思うでしょう」

すると、三人姉妹の一人が言います。「こうして生きていながら、何を目あてに鶴が飛ぶのか、なんのために子供は生れるのか、どうして星は空にあるのか——ということを知らないなんて。……なんのために生きるのか、それを知ること、——さもないと、何もかもくだらない、根なし草になってしまうわ」

そうして、チェーホフは、やがて有名になった幕切れに、こういうメッセージを書きのこしたのでした。「もう少ししたら、なんのためにわたしたちが生きているのか、なんのために苦しんでいるのか、わかるような気がするわ。……それがわかったら、それがわかったらね!」(神西清訳)

それから百年の時代が過ぎました。チェーホフは一九〇四年に世を去っています。『三人姉妹』の作家が生きたのは、世界大戦も、帝国の衰退も、革命も、粛清も、強制収容所も、相対性原理も、そうしてモータリゼーションも、飛行機も、宇宙飛行も、またラジオやテレビ、レコードも、コンピューターも、当然知らなかった時代です。

けれども、その後に二十世紀が経験したあらゆる変化、失敗や成功をくぐりぬけてきたいまにして、ふりかえってみると、チェーホフの遺した「なんのために生きるのか、それを知ること」「それがわかったら、それがわかったらね」という、切実な問いはやっぱり答えのないま、そのままそっくり、いまもわたしたちの目のまえに置かれているように思えます。

百年も一日の如し。

二十世紀という長かった一日が終わろうとしています。その長い一日の終わりに、答えのない問いにつねに面つきあわせてきた、この百年の時代を送る詩を二篇。

一つは、今年、二〇〇〇年の秋亡くなったウェールズの詩人R・S・トマスの詩です。なんどもノーベル文学賞を噂された詩人ですが、英国国教会の牧師でもあったこのウェールズの詩人が生まれたのは、二十世紀の第一次大戦前夜でした。「残念なことに(Sorry)」という詩です。

親愛なる両親へ。
あなたたがたが、この変わりばえのしない町に、
私を生んだことを咎めようとは思いません。
その気持ちは正しかったのですから。
いま通りすぎる町の通りには、

まだ、明るい日の光がのこっています。

締め金で骨を締めつけられたわけではありません。
あなたがたは、充分な食べ物をおしみませんでした、
この私が丈夫に育つように、と。
背ののびた私を折り曲げたのは、
心の重み(Mind's Weight)です。

あなたがたが悪かったのではありません。
遠くへ飛んでいったきりになるはずのものが、
確かな弓から、確かな的に向かって
放たれた矢が、逆に戻ってきてしまったのです。
まっすぐなはずの矢が、曲がって撓んでしまっています。
あなたがたの時代にはなかった、さまざまな疑問のせいで。

二十世紀の子どもたちが成長とともに抱かなければならなかったのは、途方もない「心の重

さ」でした。

最後に、わたし自身の詩。R・S・トマスが第一次大戦前夜の生まれなら、わたしが生まれたのは、二〇世紀の二つ目の大戦、第二次大戦の始まった年でした。「Passing By」という詩です(詩集『一日の終わりの詩集』みすず書房)。

結局、わずかなものだ。
いま、ここに在るという
感覚がすべてだ。
どこにも秘密なんてない。

ひとは死ぬ。
赤ん坊が生まれる。
ひとの歴史は、それだけだ。
そうやって、この百年が過ぎてゆくのだ。
何事もなかったかのように。

この二つの詩の言葉を、ささやかな花束にして、この百年の時代を送りたいと思います。

（2000年12月25日）

## 使い方の哲学

これまでわたしたちの社会の活力をつくってきたのは何だったかとふりかえるとき、わたしたちのあいだに日々の活力を生んできたのはつねに、何かを「手に入れる」ということだったのだと思います。

知識を手に入れる。技術を手に入れる。職業を手に入れる。地位を手に入れる。財産を手に入れる。およそ何についてもそれを「手に入れる」ことが、すなわち、希望を、成功を手に入れることであり、幸福を手に入れることであるというのが、わたしたちの活力の基となってきた生き方の、変わらない哲学だったのではないでしょうか。

にもかかわらず、そうやって、刻苦勉励《こっくべんれい》して、希望や成功や幸福という「坂の上の雲」を手に入れながら、それらを手に入れたと思った途端に、むしろ目を見張るべき成果を、自らみすみす「坂の下の穴ぼこ」に落っことしてしまう。そういう結果、そういう不始末をもまた、わたしたちの社会はしばしば繰りかえしてきました。

なぜ、そんなふうな成り行きを繰りかえすか。繰りかえしてきたのか。「手に入れる」哲学によって、苦労、工夫、苦心を重ねて、社会の豊かさを積み上げる。そしてそのあげく、その豊かさを削いできたのは、手に入れたものをどう使うかという「使い方」の哲学の貧困、「使い方」の哲学の乏しさだった。そう思うのです。

「手に入れる」ということが社会的達成を意味するようになったのは、たぶん明治からこっち、近代のもたらした価値観に因っていますが、思いだすのは、そうした「手に入れる」ことが豊かさを証すという感じ方、考え方をきびしく戒めて、「児孫の為に美田を買わず」という有名な言葉をのこした西郷隆盛です。

江戸幕府の幕引きをして、明治の世をみちびいた一人にして、新しい時代に自ら背をむけた西郷は、また胸にひびく漢詩をつくった一介の詩人でもありました。「児孫の為に美田を買わず」というのも、じつは西郷の「感懐」という漢詩の一行です。

子孫のために財産をのこさない。そう言いきった西郷ですが、西郷が自ら買い求めたのは「林泉」すなわち自然です。住む家を買い求めたときに西郷がつくった、「武村《たけむら》に居をさだめて作る」という漢詩の二行(『新編西郷隆盛漢詩集』山田尚二編による)。

市利朝名《しりちょうめい》は我が志にあらず
千金抛ち去って林泉《りんせん》を買う

儲けて財産を手にすることも、高い地位を得て名誉を手にすることも、自分はねがわなかった。自分がしたのは、ただ有り金全部をはたいて、自然そのものを買ったことだ。西郷が詩に刻んでいるのは、そういう志です。

明治からこの方、ずっと遠ざけられるままになったのは、「手に入れる」というのは、「市利朝名」が目的なのでなくて、本当は自分の時間を「手に入れる」ことだという考え方、感じ方だったのではないかと思うのです。忘れられたのは、よい時間、自由な時間、わたしの時間を「手に入れる」、それが社会のゆたかさだ、という価値観です。

時間というのは「手に入れる」ことがすべてではなく、とっておくことも、貯《た》めておくこともできません。うまく使えなければ、無駄に帰してしまうのが時間です。「手に入れた」。しかし「使い方」はどうでもよかった。そうしてことごとく「使い方」を間違えてしまう。たとえば、「手に入れる」哲学しかもたなかったバブル経済が結果したのは、「使い方」の哲学の欠如を象徴するような不良債権でした。

わたしたちの社会のあり方を傷つけてきたのは、「坂の上の雲」を望んで懸命になって「手に入れた」ものを、「使い方」をとんでもなく間違えて、「坂の下の穴」に放り込んできた歴史です。今日ひろまっているような時代の閉塞感、社会の空気の滞った感じは、「もっともっと手に入れる」哲学がもう望めなくなった失望感からでなく、「使い方」の哲学をまだまだ見いだせないでいるところからきているのではないか。

お金の「使い方」から、言葉の「使い方」、時間の「使い方」、人生の「使い方」まで。いまは「使い方」がずさんになって、そのことが、おたがいのあいだの心のありようを粗雑にしているということを考えます。西郷隆盛はこんな一行ものこしています。

温飽《おんぽう》従来素志《そし》を亡う
（人は皆暖衣飽食になれると、それまでの本来しっかりした心を無くすものだ）

西郷の言う「温飽」の世にあって、たずねられなければならないのは、「もっともっと手に入れる」という生き方とは違う、それぞれの生き方です。ただただ「手に入れる」だけの文化から、「使い方」の哲学をもつ文化への、価値観の転換。いまという時代は、なにより「使い方」の哲学を、切実に必要としています。

（２００１年３月14日）

## 「場」をつくる

「場」という言葉があります。「場」は大事な状況を表す言葉として、わたしたちの社会において、人と人との係わりの要をなす時間や空間を指す言葉として、あざやかな使われ方をしてきた言葉です。

「立場」の場。「持ち場」の場。「現場」の場。「仕事場」の場。「相場」の場。「正念場」の場。「土壇場」の場。「隠れ場」の場。「遊び場」の場。「見せ場」の場もそうです。あるいは、「戦いの場」や「出会いの場」のような言い方もします。

「修羅場」のような場もあれば、「濡れ場」の場、「逃げ場」の場、「死に場所」というような場もあります。あるいは、「市場」の場、「やっちゃ場」の場もあれば、また「鉄火場」の場もあります。「場あたり」の場もあれば、「その場」の場もあります。

「居場所」の場は、自分はどこにいるかという問いの場です。そのように「場」という言葉に表されてきたのは、人と人のあいだのコミュニケーションの光景であり、風景です。ものを引き寄せる磁力がはたらく場が「磁場」といわれるように、人と人の係わり、交わりのあるべきところが、場です。

人生が見えてくる「場面」があり、「場所」があります。場面も、場所も、人生の場です。「場を得る」、逆に「場を失う」というように、人のありようを左右するのも「場」です。「場数」を踏むというのは、経験の意味を自ら手に入れるということです。今はほとんど見られなくなりましたが、議論小説、座談小説ともいうべき、議論、座談のおもしろさが物語をおりなす文学の楽しみが、かつてありました。その一つに、石川啄木の『我等の一団と彼』という小説があります(『石川啄木集』古谷綱武編による)。

明治という時代の終わりとともにわずか二十七歳で世を去った啄木が、後の世にのこした遺作が『我等の一団と彼』ですが、そこに印象的に綴られるのは、「我等の一団と彼」が「場」を共にして、議論を交わすことで、心を開いてゆく光景です。

「我等の一団」というのは新聞社の社会部の連中です。社には会議がある。しかし「我々の一団は、会議などとなると、妙に皆沈黙を守っている」ばかり。議題といっても、出勤時間を守れとか何とか、そういうことばかり。「彼」も同じ社会部の記者だけれども、会議では一切口を開かない。ただ目立たないけれど、どこか一癖あって、ふだんでも人が何か言うと、最後になって、ひょいと口を入れて、ひっくりかえしてしまうというふうで、けっして胸を開かない。

それが、ある夜、帰りにふと、私が出会い頭に、彼を呑みに誘う。その夜遅くなって、彼は私の家に泊まることになる。そうして、それからは、彼は「我々の一団」にくわわるようになる。そうして、打ち解けて議論するようになって、彼の態度が違ってきます。

目に付いたのは、それから高橋(それが彼の名です)の様子の何ということなしに欣々《きんきん》としていることであった。何処がどうと取り立てて言うほどの事はなかったが、(又それほど感情を表す男ではなかったが)、同じ膝頭を抱いて天井を眺めているにしても、その顔の何処かに、世の中に張り合いが出来たとでもいうような表情が隠れていた。

「彼」が「我等の一団」と「場」を共にするようになって、私が気づいたことがあります。一つは、彼の議論の姿勢です。彼はいつも、ごろりと仰向けに寝て話すのです。寝ころんで話す。会議などではできない話し方です。しかしそれができる「場」が、彼が心を開くことのできる「場」だった。

もう一つは、彼の議論の方法です。彼が自分にまもるのは、「かくせねばならんと言うことでなく、かく成らねばならんと言う」ことです。私は苛立って「君は一体、決して人に底を見せない男だね」と言うと、彼は静かに言います。「底？ 底って何だ？ 何処に底があるんだ？ （……）人はよく、少し親しくなると、心の底を打明けるなんて言うさ。然しそれを虚心で聞いてみ給え。内緒話か、僻目《ひがめ》か、空想に過ぎない。厭なこった」

何が正しく、何が間違っているか、ではありません。つねにまずおたがいのあいだに求められなければならないのは、じぶんたちが「いまいるここ」が良き「場」たりえているかどうか、です。

今日、改革が望まれるさまざまな問題は、じつはすべて「場」の問題です。改革というのは、つねに「場」の改革だからです。

家庭の問題というのは、家庭がそれぞれにとっての「場」たりえているかという問題です。教育の問題というのは、教育がそれぞれの拠って立つ「場」たりえているかという問題です。街の問題、地域の問題というのは、街が、地域がみんなにとって楽しい「場」たりえていないという問題です。

今日の問題の多くは、そうしたもっとも切実なものとしての「場」の思想が、おたがいのあいだに、いつか見失われるままになった。そうして、何もかもあたかもゆきあたりばったりのごとくなってしまった、というところからきているのではないでしょうか。

啄木は「しごと」を「為事」と書いて、「仕事」とは書きませんでした。そうして、「我等」の生活が、「今日というところを昨日と書き、明日というべきところを今日と言う」ばかりで、「如何にこの一日を完成すべきかということでは無い」こと、そうやって一日先、一日先と駆けているばかりだと言いました。それが、『我等の一団と彼』に啄木が描いた日本という国のあり方です。わたしたちにとっての、そうした「今日」の「慌ただしく、急がしい」(急ぐの意味の、急がしい)あり方は、今でも変わっていません。

「場」が、開かれた「場」がなければ、のこるのは「閉塞感」だけになってしまいます。「閉塞感」というのは、どこにも「行き場」がないという気分のことです。

あらためて、一人一人にとってぬきさしならない意味をもたらすものとして「場」という言葉を、そして一人一人にとっての感じ方、考え方の尺度になってきたのは「場」をつくるという思想だったはずだ、ということを考えます。

「場」という良き言葉をもっているにもかかわらず、わたしたちには、なくてはならない「場」というのが見えなくなってしまっているということはないでしょうか。「場」の思想がとりもどされなければならない。「場」をつくれなければ未来もまたないからです。

(2001年5月29日)

# 名詞の問題

名詞というのは、わたしたちにとって、とりかえのきかない、とても重要な言葉です。ところが、そのとても大事な言葉である名詞に、この頃、いままでにはなかったような広がりをもった変化が起きてきているように思われます。

その言葉でなければならないものを言い表すのが、本来、名詞という言葉のもつちからでした。ちょうど、自分の名前という名詞なしには、自分という存在はないように、です。「名は体を表す」と昔から言われるように、名、すなわち名詞というのは、実体をもった確かさを感じさせるような言葉です。その名詞を聞けば、その名詞が表しているものがはっきりと感覚される。名詞という言葉は信じられる言葉でした。

そうしたとりかえのきかない言葉であるはずの名詞のありようが、しかし、いまは違ってきています。名詞が必ずしも確かさを感じさせる言葉でなくなっています。

カタカナの名詞、平仮名の名詞、ローマ字の頭文字をならべた名詞、略字の名詞。首をひねる商品名もふえました。聞いてわかる、見てわかる名詞と言えない名詞が、暮らしの情景や町の空気を一変させることもすくなくありません。

わたしの住む町の駅前にずっとあった銀行は、合併や何やかでこの十年に四度、銀行の名を変えたあげく、結局、駅前の支店はなくなることになり、駅前から銀行の名詞そのものがなくなりました。経済行為の結果としての、名詞の変更、名詞の消滅が、いつか無造作におこなわれて、不思議でなくなっています。

アジサイと言われれば、花の名とわかります。しかし、ハイドランジアと言われると、なかなかわかりません。ハイドランジアはセイヨウアジサイの名です。あるいは、バーベナ。バーベナはふだんに目にすることも多い身近な花ですが、それでもバーベナと聞いてそれがビジョザクラのことだとは、知識がなければわかりません。

名詞はもともと名指す言葉、名乗る言葉です。けれども、地名なども由来を無くした言葉がめっきり多くなり、人の肩書、大学の学科などでも、ただの記号になっています。もじり、つぎはぎ、語呂あわせ、おもしろがり、その名を聞いてすぐにわからないような名詞が氾濫し、人の名にしても無理読みがどんどん増えて、ふり仮名なしには読めないほうが、もはや普通と言うべきかもしれません。

名詞が確かさをもたらす言葉だったのは、名詞というのが、わたしたちの社会的な経験を集合する力をもっているためです。逆に言えば、社会的な経験を集合できなくなれば、たとえだれが強制しても社会的な力をもつことはできず、放り捨てられて忘れられます。不良債権となってしまう名詞が、いまは少なくありません。

名詞という言葉に深いこだわりをもちつづけた作家の井伏鱒二さんの、「アスナロの木」という文章を思いだします（『在所言葉』修道社）。

井伏さんの郷里にある福山城は、ぜんぶアスナロの木を使っていて、三百何十年もの年代を経てなお、木肌がきれいで、白木の匂いがした。作家はアスナロの木に憧れるようになります。ある日、奥州平泉中尊寺が、八百五十年の星霜を経た建築なのに、すべてアスナロの木を使っているためにわずかの風化を見せているにすぎないことを知って、作家は、ますますアスナロの木に憧れをもつようになる。

それでアスナロの森を見たいと切に思うようになり、青森下北半島でようやく全山アスナロの森に出会う。まる一日中歩き通しても行き尽くせないような大森林で、井伏さんは、アスナロの森の「巒気《らんき》といふやつ」、深い山で感じられる特有の冷気に打たれます。昭和二十年代の終わり、一九五〇年代の話です。

そのとき森を案内してくれた人に、アスナロが奥羽地方でヒノキ、北陸ではアテ、またはクマサキ、木曽ではアスヒというのだと教えられます。アスナロにはよく知られる伝説があります。元来、この木には名前がなかった。ある日、この木が自分のほうが松や杉より偉いのだと言った。そこで他の木々が「そういうお前は何の木か」と咎《とが》めると、「わしはヒノキにアスナロウ」と答えたという伝説です。

アスナロは、ヒノキの葉を八倍位にしたような外見をしている。コノテガシワにも似ている。しかし、コノテガシワはせいぜい二メートル位の小木なのに、アスナロは樹齢三百年位になると、高さ三十メートルにもなる。あるとき井伏さんは、甲州天神峠で二十メートル以上もあるようなコノテガシワの珍しい大木を見ます。「こんな大きなコノテガシワは今にお化けになる」と炭焼きの人に言ったら「お化けになるのは大きな椿の木だ。あの木はナンジャモンジャの木といって、盆地の者が目印にする木だ」と教えられる。但し後に、塩山のお寺で見たナンジャモンジャの木は、葉のきわめて細いとても小さい木だったと、作家は書いています。そして「名前不詳の木にナンジャモンジャの木というこの名称を与えるしきたりがあるのだろうか」と記しています。

井伏さんの書いているのは、木の名前がいかにその土地その土地の日々に根づいた、目印の言葉であるか、ということです。アスナロにしてもナンジャモンジャにしても、むりに名づけない、わからないものはわからないままに、日々のなかに大切にしてゆく、そういう心の働きが、いまはともすれば忘れられています。

何でも彼でも名づけて、逆に、言葉の森の「巒気《らんき》といふやつ」が、名詞という言葉になくなってしまった。「名が体を表さず」というふうになった。そんな今の名詞のありようが、わたしたちの心のありようやものの考え方に投げかけてくる影、ひずみ、心の闇というものに、もっと自覚的でありたい。そう思うのです。

（2001年8月24日）

## 絵本を読もう

絵本という本について考えてみたいと思います。子どもの本というと、しばしばそれは子ども時代の本が子どもの本であると考えられています。そのため、子どもの本は、なかでも絵本は思い出の本のように語られがちです。新しい本でさえも、よい思い出になるかどうかで測られたりします。

しかし、そうではなく、絵本は絵本という本であり、本としては変わった本ですが、変わった本というより、原型としての本と言っていい本です。わたしはいま、十四冊の絵本をぜんぶ自分で選んで訳して「詩人が贈る絵本」というシリーズでだしていて(みすず書房刊)、絵本という本を通して、本という文化のつくってきた大切なもの、絵本が本とは何かということを感じ、考えさせる本であるということを、あらためて深く感じています。

絵本は、まず第一に、絵と言葉(文字)でできています。つまり、言葉と絵の対話からなる本です。モノローグが基となる大人の本と違い、絵本は対話を本質にもつ本です。

第二に、色のある本です。色それ自体に意味があり、広がりがあることを示す本。この絵本の場合、空の色、雲の色が、この絵本の語りたいことすべてを語っています。あるいは、墨一色であっても、たとえば、この絵本のような影のうつくしさ。あるいは、このようなクモの巣を描く線のうつくしさ。絵本では色は、言葉なのです。

そのうえ、絵本はしばしば独特のかたちをもっています。大きい本があり、小さい本があり、縦長の本、横長の本があり、決まったかたちをもっていません。むしろ、かたちをつくりだして、こころにかたちをあたえる本が絵本と言っていいかもしれません。

読み方もそうです。見る本であり、読む本であり、黙って読む本であり、声にだして読む本であり、自分に読む本であり、人に読んであげる本でもある。年齢によって、経験によって、立場によって、さまざまに読みとることができるのが、絵本という本です。

そんなふうに考えると、本であることに意味のある本が絵本という本です。その意味でも、どんな本でだしても本は本という、いわゆる大人の本とは違います。「その本」でなければいけないという本。それが、絵本という本であり、絵本のもつ魅力、おもしろさはそこにあります。

たとえば、「どこでもないところ」がとても重要なのが絵本です。「詩人が贈る絵本」の一冊、『夜、空をとぶ』という絵本の場合、絵本の世界は夢のなかにあって、現実には「どこにもないところ」です。そうした「どこでもないところ」という想像力の働く場所をつくるのが、絵本という本です。

くわえて、登場人物です。絵本の世界には、「ばけもの」「かいじゅう」といった「だれでもないもの」「どこにもいないもの」が、なぜでてくるのか。「ここにいない人」「ここにいないもう一人」がいるのが、絵本の世界です。姿のないものの存在によってゆたかにされる世界があります。わたし自身、『森の絵本』という絵本を書いたとき、その主人公にしたのは、じつは姿をもたない声でした。

「目をつぶって物を見る」ことの大切さ。目をつぶっているほうが、物の姿がありありと見えることがある。『まぼろしの小さい犬』や『トムは真夜中の庭で』などの物語でわたしたちにも親しい子どもの本の作家フィリパ・ピアスは、「大切なものは目をこらしてじっと見つめ、それから目を閉じると、ことさらにあざやかに見えてくる」のだと言いました。

絵本の風景は現実の風景でなく、現実をじっと見つめて目を閉じる。そうして見えてくる風景です。

絵本によって、わたしたちは何を自分のものにするのか、あるいはできるのか。そのことを考えるとき、思いだすのは、『風にのってきたメアリー・ポピンズ』の作家P・L・トラヴァースの言った言葉です。幼いトラヴァースが、怖いハサミ男がでてきたり、インクの壺で生き物が溺れて死んだりする、絵本をふくめた子どもの本から幼いときに実感をもってまなんだのは「死」でした。

「死」というのは概念です。人を人たらしめてゆくのが概念のもつちからですが、その「概念」を子どもたちに伝えるのが、大人の仕事です。

絵本という本のあり方のもっとも大きな特質は「手わたす」本であるということ。それは絵本がくれるのが、この世界の楽しみ方というより、実はこの世界の読み方だからです。ですから、今日確かめたいのは、絵本という本の「手わたし方」、「贈る本」としての絵本のあり方です。誰が、誰に、どのように、本を贈り、手わたすのか。

絵本という本をもっとも必要としているのは、もしかしたら子どもたち以上に、大人たちではないのだろうかと思うのです。絵本を読もうというのは、ですから、子どもたちよ、絵本を読もうというのでなく、まず大人たちよ、絵本を読もうということです。いま、大人たちが子どもたちに手わたしたいもの、しかし自分たちはなくしてしまったもっとも大切なものを見つけたければ、一冊の絵本を開くことからやってみるのがいちばんかもしれません。

（2002年2月8日）

## 一冊の本の話

子どものとき読んだ物語に、作家の宇野浩二の書いた『王様の嘆き』という童話があります。十七年かかって大きな歴史の本を書きついで完成させたペルシア、いまのイランの孤独な大歴史家の悲しい生涯を書いた話で、わたしが読んだのは、昭和の初めに日本で初めて出た文学全集、改造社の『現代日本文学全集』の一冊「少年文学集」に収められた物語です。

主人公は、その国に二人といないえらい学者で、ある日、王様によばれて、こう頼まれます。この国にはまだ立派な歴史の本がない。代々の王様たちは大きな戦争に勝ったり、素晴らしい町をつくったし、この国の人たちにも、見事な生き方を貫いた人たちが大勢いる。だが、そういうことをすっかり書きのこした歴史の本がないのは残念だ。だから、立派な歴史の本を書いてほしい。謝礼は惜しまない。ぜひ一生懸命に書いてほしい。

王様の言葉を信じて、主人公は家に帰ると門を閉ざし、それからというもの、夜も昼も食事の時間も惜しんで、機を織る人が丹精込めていろいろな模様の布を織るように、机にむかって一心に歴史の本を書きつづけます。そして十七年が経って、ついに大きな素晴らしい歴史の本を書きあげる。ところが出来あがった本を届けられた王様は、約束した謝礼を金貨でなく、同じ目方でも、金貨よりずっと安い銀貨で支払って、後は知らぬ顔。

主人公は、王様のそうした卑怯なふるまいに怒って、銀貨全部を十七年じぶんを助けてくれた人たちにあげると、都を離れ、故郷の町へ帰ってしまいます。そうして年老いて、つつましい暮らしに甘んじて、一生を送る。一方、王様はある日、人びとがうたう素晴らしい歌を耳にして、歌の言葉の見事さにおどろきます。

その歌こそ、歴史家が十七年かけて書きあげた歴史の本の、物語詩の歌でした。不明を恥じた王様は、馬とラクダと財宝を、遠い故郷の町に住む孤独な歴史家に贈ります。しかしたくさんの贈り物を携えた王の使いの一行が、大歴史家の故郷の町の西の門をくぐったちょうどそのときに、静かな笛の音におくられて、大歴史家の柩が東の門から、外へ運び出されてゆくところだったという、そういう話です。

大きな素晴らしい歴史の本と悲しみの他は何ものこさなかった、そのフェルドウジという名の大歴史家の人生の童話は、子どものわたしに強い印象をのこした童話でした。

十歳前に読んだその童話が切実な謎のように心によみがえったのは、ずっと後になってです。ずっと宇野浩二がつくりだした架空の人と思い込んでいたその童話の主人公の大歴史家に、あるとき突然、まったく別の本でふたたび出会ったためです。出会ったのは、ドイツの詩人ハイネの傑作、詩集『ロマンツェーロー』(井汲越次訳、岩波文庫)のなかででした。

歴史上の人物を物語詩にしたハイネのその物語詩集のもっとも印象的な詩の一つが「詩人フィルドゥージ」で、宇野浩二の童話は、ほとんどハイネのその詩をそのまま巧みに童話に書きあらためたものでした。早稲田の学生だったころの宇野浩二はハイネの詩に深く惹かれていたといいますが、宇野浩二のもとになっただろうハイネの詩もまた、じつはドイツで出た、詩人フィルドゥースィーの逸話を後世に伝えた、ペルシアの人アルーズィーの『ペルシア詩人伝』を見事な物語詩に書きあらためたものでした。

大きな歴史の本が成るまでの歳月を、ハイネは十七回バラの花が咲く間とし、宇野浩二は十七回桜の花が咲く間としましたが、もともとの『ペルシア詩人伝』では完成までをその倍、三十五年としています。

フェルドウジの遺した大きな素晴らしい歴史の本について、『王様の嘆き』には、「その本はちゃんと残っています。だから、フェルドウジがどんなに一生懸命に力をいれて書いたか、どんなに立派であるか、今、それを読んでみてもわかります」と語られています。『王様の嘆き』

のフェルドウジは、実在した十世紀から十一世紀にかけてのペルシアの大詩人、大歴史家フェルドゥースィーでした。ペルシアでは歴史家とは詩人のことであり、詩人とは歴史を伝える人でした。

フェルドゥースィーの遺した大きな素晴らしい歴史の本『王書』は、今では日本語でも物語の魅惑にみちた訳書が二つ、東洋文庫と岩波文庫にあります。傑作というのはまさにこのような本を言うのだと思いますが、フェルドウジの遺した大きな素晴らしい歴史の本を実際に読むまでには、宇野浩二の童話を読んでからほぼ五十年が過ぎていました。

フェルドゥースィーを読むと、いまのイランという国もまったく違って見えてきます。神話と英雄の物語が伝える、太陽と月の下にある国、火の教えをまもるゾロアスターの国ペルシアの一千年前の姿は、二十世紀の終わりにむかって激しいイスラム原理主義革命に導かれていった一元的な国の姿とは、全然違います。物語に注がれるのは、この世で肝心なのは人が人として生きることだという、大歴史家だった詩人の、どこまでも澄んだ眼差しです。

フェルドゥースィーは言います。この世の支配者は「時」であって、きみが王であれ奴隷であれ、時がきみの命を吹き消すとき、あらゆる苦しみと喜びは夢のように、あるいは水のように消えてゆく。だから、王であれ奴隷であれ、良い思い出を遺す人こそ幸福なのだと。

一冊の本が人のなかにのこすのは、リンク、つながりです。一冊の本から一冊の本へ、一つの言葉からもう一つの言葉へ、ときには国境を越えて、リンク、つながりを生む本があります。心の編み目となって、人びとの記憶を結んでゆく言葉があります。

読んでおしまいというのではなく、読み終えたところからはじまる本があります。ふりかえってみて、そこが入り口だったという本です。『王様の嘆き』はわたしにとってそういう本でした。あるいは、そういう本のあり方、読書のあり方をおしえてくれた本でした。お話ししたかったのは、人の心を棲まわせる、そのような一冊の本の話です。

（２００２年６月18日）

# 本に親しむという習慣

読書というのは、本を読むことだと考えられています。本を読んで、何が言われているか、どう受けとめるか、きちんとまとめることができて、初めて本を読んだと言えるのではないか。読書とはそういうふうに、内容をとりだすことだと、捉えられがちです。

けれども、そうした読書の捉え方、感じ方こそ、読書からとりわけ子どもたちを遠ざけてきたものではないかと思うのです。読書とは本を読むことではないと、わたしは思っています。読書は本を読むことでなく、本に親しむという習慣のことであるからです。

本は読まなくても困らないし、読んでわからなくてもかまわない。読書の原点となるのは、自分の日常のなかに、とにかく一冊の本がある、なければ置く、ということであり、ともかくそこに本があるというところから、読書という経験ははじまります。



本に親しむという習慣

読書という経験がのこすのは、わかるかわからないか、理解したか理解しなかったかではなくて、そこに本がある、本があったという日々の記憶であり、感覚です。

たとえば、読書がくれる日々の記憶を描いた絵があります。

十九世紀の終わり近くに描かれた『読書する少女』という、フランス印象派の画家モリゾの絵。その絵から伝わってくるのは、そこに本がある、そこに少女の時間というのが凝縮されている、という確かな明るい感覚です。静物としての本が描かれているのではなく、手にされた本が描かれている。本を手にしているというのは、人の心、人のありように働きかけるものとしての本、そういう本というもののあり方をよく表しています。

もう一つ、それからほぼ百年後に、絵本画家のセンダックが描いた絵。センダックの描いているのも、心にはたらきかけるものとしての、そこにある本の情景です。ワニも、サルも、少年も、そしてライオンも、本を読んでいるというより、鏡のように、本を手にもっています。本というのは、自分の心の中を見る鏡だと、センダックの絵は言っているようです。

そこに本があるというのは、自分の心をうつす鏡を手にすることでもある。逆に言えば、そこに本がないというのは、自分の心をうつす鏡を自分にもっていない。自分が見えない、見えていないということでもあるはずです。

中野重治という作家に、『梨の花』(岩波文庫)という、今からちょうど百年前の、二十世紀初めの一人の子どもにとっての世界がどんなだったかを生き生きと語り伝える物語があります。福井の村の一人の子どもの物語ですが、物語の中心にあるのは、一人の子どもにとってかけがえのない経験となってゆく、本に親しむという経験です。

物語の主人公の良平という子どもは作家自身ですが、そこで繰りかえし語られるのは、本に親しむという経験の真ん中にある、わからないという経験の大切さです。わからない、わからない、だけれども、おもしろいという気もちを一人の子どものなかに育てるのが、本に親しむという経験なんだということです。

たとえば、少年は、ある日、県立中学にすすんだ兄貴がおくってくれた雑誌で、有本芳水という人の詩を読む。それには竹久夢二という人が挿絵を描いている。

「有本芳水の詩にはわからぬ言葉もあった。それでも読むと気持ちがいい。（……）「紺のはっぴのつばくらめ……」「広重の空　紺の海……」「広重の空」というのもわからなかったが、紺の「さっくり」、紺の手甲《てっこう》や脚絆《きゃはん》、紺の前かけ、「紺」といういちばん見なれた、何でもないよりは町風でなくて百姓風な切れの色だと思っていたその「紺」が、こういわれると別ものののように見えてくるのが良平には何とも気持ちがいい。何でそうなるのだろう」

そこに本があった。そのなかでこういう言葉にこういうふうに出会ったという記憶を、本はとどめます。そういう日々の記憶というものを、本に親しむという習慣はつくってきたのだということを考えます。

いまは、本が読まれなくなったと、しきりに言われます。けれども、本が読まれなくなったというのは、誰もが本を読まなくなったということとは違うと、わたしは思っています。そうではなくて、いま、見失われているのは、本を読むということへの信頼、社会的な信頼だろうと思うのです。

「わからぬ。それでも気持ちがいい」。そのような、包容力を育てるものとしての読書のあり方が、いまは忘れられたままになっていないかということを考えます。

本を開くということは、心を閉ざすのではなく、心を開くということです。いま、自分の目のとどくところに、あるいは、自分の手に、どんな本があるか。そのことを自問することから、読書というのははじまる。そうやって、本に親しむという習慣を通して、わたしたちは、言葉を大事にすること、本を読むということへの信頼を、自ずから手にしてきたし、これからも手にしてゆきたいというのが、わたしの希望です。

（２００２年10月28日）

# 自分の辞書をつくる

いま、わたしたちのコミュニケーションの方法は、実にゆたかに、多様になりました。それだけに、おたがいのあいだを結ぶコミュニケーションのあり方も、さまざまに異なるようになり、いっそう複雑にもなって、おたがいの意思の伝え方も、気持ちの表し方も、いろいろに異なってきて、おたがいを結ぶはずのコミュニケーションが逆に、おたがいを隔て、違えるようにもなってきています。

それだけに、共通の言葉を共有するということが難しくなって、おたがいのあいだに、知らない言葉がとても多くなっています。逆に、誰もがよくよく知っていると思う言葉であっても、実はそれぞれに意味するもの、その言葉によって了解しているものが、けっしておなじではなくなって、おたがいのあいだに共有できないでいる言葉も少なくありません。

いま、時は、五月。しかし、その「五月」という言葉一つとっても、それぞれにとっての「五月」は「五月晴れ」と「五月病」がまったく違う「五月」であるように、さまざまに違っています。「五月」という言葉はあなたにとって、あるいは自分にとっていったいどんな意味をもつ言葉でしょうか。

五月は「端午の節句」。端午の節句と言うと「柏餅」。しかし、なぜ柏の葉で餅を包むのでしょうか。あるいは五月は「子どもの日」。子どもの日と言うとき、何を真っ先に思い描くでしょうか。大人たちなら、子どもの日にどんな思い出があるでしょうか。五月はまた「母の日」の月。母の日がカーネーションの日であるように、五月は花の月です。

「美しい五月」と言われる五月の美しさを代表する花は、何でしょうか。ライラックでしょうか。ライラックとはリラのことですが、あなたにとってその花の名はライラックでしょうか。リラでしょうか。文字通り「五月の花」という意味のメイフラワーはサンザシの花ですが、北米大陸への英国からの最初の移住者をのせた船の名でもあります。

森鷗外は明治三十七年、一九〇四年の五月、日露戦争に陸軍の軍医として、当時の満州に赴きます。一年後の五月の、妻への手紙。「こちらは今が春の初と春の中頃と一しょに来たやうなぐはひで桃《モモ》だの杏《アンズ》だの李《スモモ》だの皆花がさく」。その次の手紙に、「急に暖くなつて来てけふなんぞはひる中は馬の上でも汗が出るくらゐだ。それだから草や木の花がみんな一度にさく。しかし梅や桜は一本もない。一番多いのは杏《アンズ》の花だ。(……)赤いのが一ぱいさいたところは中々きれいだ。草ではおきな草といふ紫の花が一番多くさいてゐる」

そうして鷗外は、「花なんか手紙にいれたら馬鹿だといふだらう。(……)アハ、、、」と言いながら、手紙にそのおきな草を一輪入れています。一週間後の手紙に、「杏《アンズ》の花が雨でちつてしまつて野原は真青《マッサオ》になつた。もう程なく夏になるだらう」。印象的な鷗外の五月の花ですが、海では、いわゆる日本海海戦で日本がロシアを破るのが、そのおなじ五月の末です。

五月の詩人と言えば、何と言っても木下杢太郎です。杢太郎にとって五月とは「燕は来《きた》り、また去れる」「篠懸木《すずかけのき》のわか葉ふるへる」五月であり、「八百屋は八百屋で枇杷《びわ》の走り――一寸お昼の献立は――茄子《なす》のしぎ焼、胡瓜《きゅうり》もみ」の「さう云ふ五月」です。

そしてもう一人、寺山修司です。「二十歳、僕は五月に誕生した。僕は木の葉をふみ若い樹木たちをよんでみる。いまこそ時、僕は僕の季節の入口で、はにかみながら鳥たちへ、手をあげてみる。二十歳、僕は五月に誕生した」。寺山修司の五月は「誕生」の月です。しかし、寺山修司は北の青森の人で、生まれたのは実際は冬の十二月。大地の生命の誕生を告げる青森の春のはじまりの五月に、詩人の「僕」の誕生をかさねたのが、寺山の「五月の詩」。

わたし自身にとっての忘れがたいのは、芭蕉の五月です。わたしは奥州福島の生まれですが、『奥の細道』の松尾芭蕉が「福島に宿る」のが五月。「明くれば、信夫の里に行く」という芭蕉の言葉を思いだして、里心を覚えるのがわたしの五月です。

「五月」を辞書でひいても、辞書にはただ「一年の五番目の月」としかでていません。しかし、「五月」というたった一つの言葉にも、こんなふうに、人それぞれにさまざまに沢山の意味とニュアンスが畳まれています。

言葉というのは、一つの決まった意味しかもたないのではありません。無数の人びとのさまざまな記憶や行為、出来事や感情、気分がそこにかさなってゆく場所が、一つ一つの言葉です。

今日、コミュニケーションが乏しいと言われるとき、乏しいのは本当はコミュニケーションではなくて、言葉です。コミュニケーションをゆたかにしてゆくためには、言葉をゆたかにできなくてはいけない。コミュニケーションというのは、そういう意味で、「この言葉は」という言葉を大事にする。そうして、そうした言葉を訊ねる、調べる、疑う、確かめる、いろいろ繰りかえして、そうやって自分の辞書をつくってゆくところからはじまると、わたしは考えています。

わたしたちはどれだけ自分の辞書を、自分をゆたかにするものとして、自分にもっているでしょうか。

（2003年5月5日）

## 言葉はコミュニケーションの礎

「たくみな」という言葉があります。「たくみ」というのはよい言葉なのです。たとえば、三省堂の大辞林(第二版)を引くと、最初にでてくるのは、「飛騨の匠」というように名匠という意味です。それから、「美しいものをつくりだすわざ」あるいは「考えをめぐらして見つけた方法、工夫」というような意味をもつのが「たくみ」です。「手際よくすぐれているさま」を言う言葉です。すなわち手を用いて優れている。上手で見事なのが「たくみ」です。

そのよい言葉である「たくみ」が、「手」ではなく、「言葉」にむすびつくと、一転、よくない言葉になってしまいます。人が人を騙す事件があるとき、きまって使われる「言葉たくみに」という表現があります。言葉たくみにおびきだす、誘いだす、売りつける、騙す。口がうまいから、言葉でならどうとでも言えるまで。言葉ということでは、「たくみ」はよくないのです。何故、言葉については「たくみ」であることが信じられないか。

言葉というのは、本来は、もっともコミュニケーションのかなめをなすべきものだったはずです。ところが、言葉に対して、わたしたちの社会は、むしろ言葉というのは信じるに足らないという方向を向いてきて、言葉を上手に使うという態度を育てるという方向には向かわなかった。言葉を簡単には信じないというのは、信じていい一つの態度です。健全な懐疑的な精神は、そうした態度なしに深められません。

しかし、言葉を信じないということをさんざんにやってきた結果、言葉を上手に使うということを、しないのでなく、できなくなってしまっているのではないか。少しのヴォキャブラリーしかもたなくなってきて、かわいい、むかつく、すげえ、うざい、といったように、僅かな言葉だけで精一杯自分を表し、伝えるというふうになっています。

社会は豊かになったが、言葉はむしろ貧しくなった。言葉の貧しさを生むもの、そして言葉の貧しさが生むものは、必要な他者の欠落です。わたしたちのヴォキャブラリーには、自分という言葉はあっても、他分という言葉がない。あるのは、他人という、自分とは切れている存在を表す言葉です。反対に、自分とおなじである他人を表す言葉が、友だちであり、仲間です。他人とは、言葉が通じない。友だちとは、言葉なんか必要としない。

そういうあり方から生まれているのが、今日の独白社会です。独白はモノローグ、独り言のことです。豊かな社会、文明技術がわたしたちにもたらしたのは、「独りでいる」というあり方です。わたしたちの社会は、「独りでいる」というあり方をどんどん日常につくりだしてきた社会です。一緒にそこにいても、「独りでいる」。高齢化。少子化。引きこもり、オタク。ホームレス。独身。離別。いずれも「独りでいる」社会の表情です。

「なじみ」「いつもの」がなくなった街。言葉が人と人を繋がなくなっている例が、コンビニやファストフードをはじめとする店のあり方。そして、メールやネットです。メールやネットがもたらしたのは、独白のコミュニケーションです。

独白の言葉はいわば一方通行の言葉。他の人にとっては向こうから一方的にやってくる言葉。マニュアルの言葉はそうした独白の言葉の一種です。

しかし言葉というのは、表された言葉と表せない言葉でできています。そして、表せない言葉に大きく深い意味がある。「万感胸にせまる」。「言葉にならない」。「何と言っていいかわからない」。「無用の用」。あるいは、挨拶の言葉には、「どちらまで」「そこまで」というような、何の役にも立たないけれども、大切な言葉があります。

空談、清談、閑談《かんだん》を楽しむ能力。必要な他者をつくりだしてきたのは、そうした言葉によって伝えられてきたこころの持ちようだったはずです。

むかし「独白」にたいして、「複白」の必要ということが説かれたことがあります。「独白」

がモノローグなら、「複白」はダイアローグのこと(『知恵の悲しみの時代』みすず書房、参照)。「複白」というのは、いい言葉だと思う。今日もっとも回復されなければならないのは、「複白」という相手のあるコミュニケーションではないでしょうか。尋ねられなければならないのは、言葉を信じられるものにするという言葉のあり方です。

(電通総研・山形フォーラム、2003年7月23日)

# 訳詩のたのしみ

いま少なくなったのは、日本語で外国の詩を読む機会です。かつてはそうではありませんでした。

日本の詩的感受性をそだてたものの一つは、古くは中国の詩を日本語に読み下して親しむ習慣でしたし、明治以後には初めは文語で、ついで口語で日本語に移された外国の詩のなかには、ひろく親しまれてきた詩も少なくありません。

上田敏の『海潮音』や『牧羊神』、あるいは、漱石、鷗外、荷風、高村光太郎、有島武郎、佐藤春夫、堀口大学、西脇順三郎、また井伏鱒二や小林秀雄や深瀬基寛などの、さまざまな訳詩も、多くが、これがそうだったかという記憶を、親しくのこしてきました。

「すべて世は事もなし」「日も暮れよ、鐘も鳴れ、月日は流れ、わたしは残る」「また見付かった、何が、永遠が、海と溶け合う太陽が」「四月は残酷極まる月だ」

このような訳詩の記憶は、日本語として、わたしたちの感受性を確かに、鮮やかにしてきましたし、ルバイヤートのような古い時代の詩から、カヴァフィスやリンゲルナッツ、ガルシア・ロルカやプレヴェールのように、生き生きとした日本語になった忘れがたい詩も、日本語の表現に新しい感覚をもたらしてきました。

外国の詩はその外国語で読まなければと言われることもありますが、伝わるものはかならず伝わるという性質を、詩という言葉はもっています。ちょうど、外国の映画を見て、たとえば、グルジアやトルコの映画を字幕で見て、その言葉をわからなくても、わたしたちが感動することができるように、です。

詩がつくりだす感じ方というものを、ウォルト・ホイットマンはこのように詩にしています。ホイットマンに傾倒した有島武郎の訳で（岩波文庫、一九三四年）、その詩を読んでみます。

この瞬間、あこがれの、物思はしき、
よその土地にも他の人がゐて、あこがれて、物思はしげであるやうに私には思へる、
獨逸にも、伊太利にも、佛蘭西にも、西班牙にも、見渡せばそれらの人を見付け出すことが出来るやうに思へる——或は更らに、更らに遠く、支那にも、露西亜にも、

印度にも——異邦の言葉を語りながら、
若し私がそれ等の人々を知ることが出来たなら、自国の人に対してと同様に、その人
　々に思ひ寄るにちがひないと思へる、
私達は兄弟であり愛人であるのに相違ないのだ、
彼等と共にあるのは幸福であるに相違ないのだ。

訳詩のくれる楽しみには、独特の明るさがあります。もともとの詩にそなわっているイメージの力にくわえて、その詩を日本語の言葉にするのは、なにより愛着だからです。訳詩は、ですから、本質的に共感の場をつくりだそうという試みでもあります。

にもかかわらず、いま、日本語で外国の詩を読む機会は、それも時代を共にしている同時代の詩を日本語で読む機会は、むしろ減っています。たとえば、こういう詩人たちがいます。アレイクサンドレ、エリティス、ミウォシュ、サイフェルト、ブロツキイ、ウォルコット、ヒーニー、シンボルスカ。いずれもここ二十五年ほどの間にノーベル文学賞を受けた詩人ですが、どの詩人の詩も、日本語で読まれる機会は多くありません。

そうは言っても、わたしたちがいま、ほとんど同時代の世界のいい詩に親しむことがなくなっているということは、けっして望ましいことではありません。詩はもともと、異なる文化、

異なる伝統の深みにとどくことのできる通路としての本質をもっているものだからです。そうして、世界へ通じている通路をひらいて、見知らぬ人びととの出会いをつくってきたし、つくってゆけるというところに、訳詩というものの本来の楽しみはあるだろうからです。

第一次世界大戦で戦死したウィルフレッド・オウエンというイギリスの詩人がいます。

一兵士として若くして死んだオウエンの遺した詩はわずかですが、オウエンの詩を読むと、戦争というものについての新しい感じ方、考え方にみちびかれずにいません。オウエンの「奇妙な出会い(Strange Meeting)」という詩をもとに作曲家のベンジャミン・ブリテンは『戦争レクイエム』というオラトリオをつくり、作家の大岡昇平はオウエンのその詩を、『レイテ戦記』の礎としました。そのオウエンの詩「奇妙な出会い」を、わたし自身日本語にしたものを読んでみます。

どうやらぼくは戦場をぬけだしたようだった、あまたのどでかい戦争で
アーチのように截りたった花崗岩でできた、ずいぶんまえにえぐりぬかれた
底深くうんざりするようなトンネルを、ぼくは下りていった。
だが、そこもまた、うめき眠る人びとでいっぱいだった、
おもいにふけり、死にとらえられ、身うごきもしない。

よくみさだめようとしたとき、一人が跳びあがって、くるしそうな両手を
祝福するようにあげ、悲しそうにぼくをみとめて、
ぼくをひたとみつめた。そしてぼくは
かれの微笑をみて、あの陰気な広間にいることを知った、
かれの死の微笑をみて、地獄にいるのを知った。
そのまぼろしの顔は千の苦痛でざらざらにされていたが、
地上にながれた血は、ここまでは一滴もとどかなかった。
砲声も聴こえず、唸りがここまでつたわってくることもない。
ぼくはいった、「見知らぬ友よ、ここではもうなげかなくていいんだね」
かれはいった、「なげく理由なんて何もないさ、取り消しのきかない年月と絶望のほかは。
どんな希望がきみの希望であるにせよ、
希望はぼくの人生でもあった。ぼくは
この世でいちばん手に負えない美を、乱暴に追いかけた。
女の瞳や編んだ髪のなかにひっそりひそんでいるやつじゃない。
ぼくは間断なく過ぎてゆく時をあざけり、
なげくときは、ここでより、ずっとゆたかになげいたのだ。

ぼくが陽気であれば、おおぜいのひとたちが笑ったし、
ぼくが涙をながしても、あとには何かがのこった。
それもいまは消えてなくならなくちゃいけない。
語られなかった真実のことを、ぼくはいっているのだ。
戦争の憐れさ、戦争が蒸溜した憐れさのことだ。
みんなはぼくらが打ち倒したものに満足するだろう、
満足できなければ、みずから血を沸かして、殺されにゆくだろう。
みんなは牡虎のように速くすすみ、誰も落伍しないだろう、
たとえ国同士が進歩のそとによろめきでていったとしても。
勇気はぼくのものだった、ぼくはふしぎな力をもっていた。
叡智はぼくのものだった、ぼくは自制する力をもっていた。
だから、ぼくは防壁のないからっぽの最後の拠点へしりぞいて、
この世界のながいくるしい行軍をまぬがれることができた。
やがてたくさんの血がみんなの戦車の車輪を汚しちまったら、
ぼくはここからでていって、きれいな湧き水であらってやろう、
汚されぬほど深くにある真実で。

ぼくはありったけぼくのこころをそそぎかけてしまうことだろう、
傷のせいじゃない、戦争という税のためでもない。
みんなの額は、傷もないのに、血をながしてきたんだ。
友よ、ぼくはきみが殺した敵だ。
暗闇のなかでも、ぼくにはきみだとわかった。昨日ぼくを
突き殺したときも、きみはおなじ顰《しか》め面《つら》をしたね。
ぼくは身をかわそうとしたが、手が冷えていて、どうにもならなかった。
さあ、いっしょにねむろう……」

（ウィルフレッド・オウエンの未完の詩、一九一八年）

外国語で書かれた詩を日本語にして読むと気づくのは、詩は伝わるものを伝える、詩は国境をまたぎこしてゆく、詩は見知らぬ人同士を、この詩のように敵でさえ友人に変えてしまう、ということです。世界の人を慕《した》わしくする。訳詩のくれる大事な感情はそこにあるということを考えます。

（2003年9月16日）

## 「眺め」の大切さ

温泉にある露天風呂。露天風呂の魅力としてきまって挙げられるのは、うつくしい眺めです。山間のひなびた眺め。流れさる渓流の眺め。遠くの山なみの眺め。星降る夜空の眺め。あるいは、ひろびろとした海の眺め。

身に何もおびずに、自分を素にするほかない露天風呂のような空間は、その意味で、「眺め」という時間、「眺め」という態度を、自分にとりもどすことのできる場所として求められてきた、そういう場所の一つです。

日々の時間のなかに、いつも求められてきて、いまも変わらず求められる「眺め」。それは、たとえば展望台からの眺めであり、屋上からの眺めであり、海辺の眺めであり、山頂の眺めであり、窓からの眺めであり、丘の上からの眺めであり、遊園地の観覧車からの眺めであり、坂の上からの眺めであり、そうしてまた、橋からの眺めです。「眺め」の時間、「眺め」の態度を、わたしたちはいつのときも必要としてきました。「眺め」というのは、とても不思議です。それは、名づけようのない「何か」を、「何か」としか言えないような「何か」を、わたしたちのうちにもたらします。

そういった「眺め」が人の心におよぼす不思議なはたらきについて、作家の梶井基次郎は「城のある町にて」という作品に、あざやかな文章をのこしています(岩波文庫による)。「城のある町にて」は、妹を亡くしたばかりの主人公の若者が、姉の住む城のある町にやってきて、その町の城跡にのぼって、そこからの静かな眺望に吸い込まれるように魅せられるという話です。

城跡にのぼると、空は悲しいまでに晴れていて、その下に、町が甍《いらか》を並べているのが見える。白亜の学校。土蔵づくりの銀行。寺の屋根。ときどき煙を吐く煙突があって、田野がそのあたりから展けていて、レンブラントの素描めいた風景が散らばっている。あおぐろい木立。農家。街道。海から風があがってきて、ササササと日が翳って、風景の顔色がみるみる変わってゆく。「それはただそれだけの眺めであった。何処を取り立てて特別心を惹《ひ》くようなところはなかった。それでいて変に心が惹かれた」。「なにかある。ほんとうになにかがそこにある。といってその気持を口に出せば、もう空ぞらしいものになってしまう」。「では一体何だろうか」。「夢で不思議な所へ行っていて、此処は来た覚えがあると思っている。――丁度それに似た気持で、えたいのしれない想い出が湧いて来る」。「城のある町にて」の作家は「眺め」のくれる「思い」について、そう書きしるしています。

目の前の風景を眺めていて、気がつくと、自分の人生の風景を眺めている。そうした「思い」を深くするのが「眺め」です。

「眺め」がわたしたちの日々にもたらすものについて、作家の尾崎一雄もまた、「美しい墓地からの眺め」という忘れがたい作品をのこしています(岩波文庫ほか)。

主人公の男は、不治と言っていい病に罹っている。しかし、人生をあきらめているわけでなく、長くも短くも、息が絶えるまでは生きる積もりでいます。よく晴れた、風も穏やかな日に、主人公は「激しい勢で若葉を吹き出している庭前の木や草を、しげしげと眺める。「俺は、今生きて、ここに、こうしている」こういう思いが、これ以上を求め得ぬ幸福感となって」、主人公の胸をしめつけます。

人生というのは、誰だろうと、芯にそれぞれ何かをもっている。しかし、それを出さずに、眺め美しい墓地にもぐりこむまで、みんな何気なく生きている。そういうものだと、主人公は思いさだめています。

主人公の家の墓地は、相模灘に面して、富士山を望む場所にあり、墓地からの眺めはとりわけ美しい。主人公は、いつも変わらない、目の前の美しい海や山のたたずまいを、「初めて見るもののように」、しげしげと眺め入ります。

「眺め」というのは、ありふれたものを、さりげなくそこにあるものを、「初めて見るもののように」眺め入るということなのだ、と作家は淡々と書きしるしています。

「眺め」というのは、オープンな、開かれた空間のなかに、身をおく態度です。たとえばケータイのように、目の三十センチ先の画面を見つめる視線には、しかし、ひろびろとした「眺め」は必要なく、オープンな開かれた空間のなかに、身をおくという態度は、いまは失われやすくなっています。

「眺め」が日々にもたらしてきたほっとする思い、心洗われる感じ、慰藉《いしゃ》、楽しさ、驚き、のびひろがるような感覚といった、「眺め」の大切さを、いまのような時代にこそ大事にしなければならないと、そうわたしは思いかえしています。

（2004年1月7日）

## なくてはならない場所

楽しみのあるべきところには、なくてはならない場所、というのがあります。本は、本屋という場所を、映画は、映画館という場所を、絵は、ギャラリーや美術館という場所を必要としてきました。音楽は、コンサートの場所を必要とし、芝居は、芝居をする場所を必要としてきました。スポーツは競技場、スタジアムを必要としてきました。

わたしたちの社会をつくってきたのは、なくてはならない場所、です。教育は学校という場所を、病気は病院という場所を、なくてはならない場所としてきました。日常の生活は、商店やコンビニ、スーパー、百貨店、ショッピング・モールといった買い物の場所を、なくてはならない場所、としてきました。

仕事場と言い、遊び場と言います。盛り場もそうです。大切なのは、場所です。大学なども、場所がすなわち大学の名や通称であることも少なくありません。なくてはならない場所は、自分を確かめることのできる場所でもあります。

社会というのは、そのようにみんなにとって、なくてはならない場所というもので、ずっとつくられてきました。そうした、なくてはならない場所が大切だという感じ方が、しかしいまは揺らいで、どうしようもなく薄らいできている。そう感じられるようになってきていると思われます。なくてはならない場所というのがなくなってきて、場所がない。居場所がない。行き場がない。そういう感じが全体に広まってきているのかもしれません。

なかんずく、今という時代の骨格をなしている新しい情報技術は、なくてはならない場所、という考え方、感じ方をなくして、場所からの自由を、際立った特徴にしています。場所のいらない文明と言うか、場所をもたない文明と言うか、文明とよばれているものは、特定の場所、動かしがたい場所、にしばられないことをのぞんでいます。

文明というのは、「子供の私」をつくった風景をもたない。そう言ったのは、物理学者で随筆家の寺田寅彦でした。「私」をつくった風景と言っても、それは何も特別な風景ではありません。肝心なのは色々なもの全体をひっくるめて、「子供の私」をつくった日々の風景が、故郷という場所を、なくてはならない場所にしてきた、ということです。

寺田寅彦は、郷里に近い四国の小さな村の神社の秋の祭りの相撲が、自分にのこしたつよい印象を語っています。
相撲と言っても、それは相撲をとるのではなくて、相撲をとらない相撲なのです。美々しい回しをつけた力士が堂々とにらみあい、いざ組もうとすると、行司が飛びだしてきて止めて、引き分けにする。そういうことがなんべんとなく繰りかえされ、結局、相撲はとらないでおしまいになったのだそうです。どういう由緒から起こった行事だか意味は知らないけれども、それを目撃する人の心には「遠い昔に起こったある何かしらかなり深刻な事件のかすかな反響のようなものを感ずる」と言い、寺田寅彦はこんなふうに烈しい言葉をのこしました。

文明の波が潮のように片田舎《かたいなか》にも押し寄せて来て、固有の文化のなごりはたいてい流してしまった。(……)簡単な言葉と理屈で手早くだれにもわかるように説明のできる事ばかりが、文明の陳列棚《ちんれつだな》の上に美々しく並べられた。そうでないものは塵塚《ちりづか》に捨てられ、存在をさえ否定された。それと共に無意味の中に潜んだ重大な意味の可能性は葬られてしまうのである。幾千年来伝わった民族固有の文化の中から常に新しいものを取り出して、新しくそれを展開させる人はどこにもなかった。「改造」という叫び声は、内にあるもののエヴォリューションではなくて、木に竹をつぐような意味にのみもてはやされた。それであの親切な情誼《じょうぎ》の厚い田舎の人たちは切っても切れぬ祖先の魂と影とを弊履のごとく捨ててしまった。(……)そうした田舎《いなか》の塵塚《ちりづか》に朽ちかかっている祖先の遺物の中から新しい生命の種子を拾い出す事が、為政者や思想家の当面の仕事ではあるまいかという気もする。

(「田園雑感」一九二一年、『寺田寅彦随筆集』第一巻、岩波文庫)

文明というのは、その場所を、なくてはならない場所にしてきた営みをきれいさっぱり地上げすることで、文明の風景をつくりだします。郷里に近い村の失われた小さな祭りから文明のもたらすものを見据えて、寺田寅彦がそう書いたのは、まだ昭和という時代がはじまってもいなかったときです。

にもかかわらず、そのような言葉が、あたかもわたしたちの今についての警告のようにひびくのは、今また、なくてはならない場所というのがなくなってきて、居場所がない、行き場がないという、そういう感じ方が、社会全体に著しくなっている。その証かもしれません。

一人一人の「私」にとっての、大切なものとは何だろうか。わたし自身の「わたし(たち)」にとって大切なもの」という詩のおしまいのところを読んで(詩集『死者の贈り物』みすず書房)、心優しい先哲がのこした厳しい言葉を、あらためて今に向けられた言葉として受けとめたいと思います。

なくてはならないもの。
何でもないもの。なにげないもの。
ささやかなもの。なくしたくないもの。
ひと知れぬもの。いまはないもの。
さりげないもの。ありふれたもの。

もっとも平凡なもの。
平凡であることを恐れてはいけない。
わたし(たち)の名誉は、平凡な時代の名誉だ。
明日の朝、ラッパは鳴らない。
深呼吸しろ。一日がまた、静かにはじまる。

(2004年5月4日)

# 風景という価値観



永井荷風がアメリカに渡って四年の日を過ごして、『あめりか物語』を書いたのは二十世紀が始まってすぐのときです。『あめりか物語』(岩波文庫ほか)は、その時代に彼の地に暮らしていた日本人たちの浮き沈みの物語ですが、『あめりか物語』の土台となったのは、それからの二十世紀という時代へ荷風が抱きつづけることになる深い懐疑であり、憂いでした。

「永久に国家や軍隊の存在が必要なのであろうか」。『あめりか物語』には、ワシントンの橋の上に佇んでそう考えだす荷風がいます。あるいは、シカゴの電車の中で、新聞を読みあさる人びとを見て、「彼らはいうであろう、進歩的の国民は皆一刻も早く、一事でも多く、世界の事件を知ろうとするのだと」

しかし、と荷風は言います。「世界の事件というものは、何の珍らしい事、変った事もなく、いつでも同じ紛紜《ごたごた》を繰返しているばかりではないか。外交問題といえばつまりは甲乙利益の衝突、戦争といえば、強いものの勝利《かち》、銀行の破産、選挙の魂胆、汽車の顚覆、盗賊、人殺、毎日毎日人生の出来事は何の変化もない単調極るものである」

時代に対し、世界に対し、そうした懐疑、憂いを深くもつ荷風が、その逆に、何の留保もなく惹きつけられるのは、アメリカの風景です。『あめりか物語』に点々と挟まれているのは、かならずと言っていいくらい、よろこばしい風景です。

たとえば、イリノイの春の夜について。「痩せ衰えていた一株の枯木も、今は雪のような林檎の花が咲き乱れ、いうにいわれぬ香《かおり》の中《うち》に私の身を包んだ。柔かな草の上に佇み、四辺《あたり》を眺めると、これこそは地球の表面であると想像せらるる広々した大平野の上に、朧《おぼろ》の月が一輪」

こうした、よろこばしい風景というのは、世に知られる名勝、名所のような、うつくしい風景ではありません。そうではなく、その風景のなかにじぶんがいると深々と感じられるような、じぶんというものがありありと感受されるような、そういう風景です。

この二十年あまり、わたしは北米大陸を、じぶんで運転して車で走り、ほとんどぜんぶの州を走って、ほぼ十万マイルになる旅をして、一度に二、三週間ぐらいずつの短い小さな旅を幾度もつづけるしかたで、長い大きな旅をしてきました。そうして風景のひろがりのなかを走りつづける旅をかさねて、思い知ったのは、旅のよろこびというのは(荷風は「旅人の嬉しさ」

というふうに言いましたが)、じぶんにとっての、よろこばしい風景の発見にほかならないという、むしろ平凡な真実です。

わたしたちは今日、じぶんが風景のなかにいて、風景のなかでじぶんの感受性は育ってゆくということを、ひどく実感しにくいところで生きているのではないでしょうか。人の価値観を育むもの、支えるもの、確かにするものとしての風景のなかに身を置くということ、風景のひろがりのなかでじぶんの小ささを思い知るということが、いつか見失われてしまっているために、人間がひどく尊大になってしまっている。そのことの危うさを、いつも考えます。

アメリカの風景のなかへ、ただまっすぐに入ってゆく。そのようにしてつづけた長い旅から受けとったものを、『アメリカの61の風景』(みすず書房)という本に書くあいだ、胸にずっとあったのは、「戸外に出かけていった一人の子どもがいた(There was a Child Went Forth)」という詩です。『草の葉』の詩人ホイットマンの詩です。

毎日、戸外へ出かけていった一人の子どもがいた。
そしてその日、最初に目にしたものを、子どもはじっと見つめた。
すると子どもは、じぶんがじっと見つめたものになった。
そしてその日中、あるいは、その日しばらくのあいだ、いや、何年ものあいだ、いや、ひろがりめぐりゆく歳月をとおしてずっと、子どもがじっと見つめたものは、その子どもの一部になっていった。

戸外へ出かけていって、風景をじっと見つめることを覚える。そうして、じぶんがこの世界の一部であるということをまなんでゆく。そうやって、風景のなかにじぶんのあり方を見いだすことで、人は、日々の生き方の価値観というべきものをつくってきました。

にもかかわらず、いまはどうか。荷風の『あめりか物語』からほぼ百年、いまでもまだ、というより以前にもまして荷風の言う「同じ紛紜《ごたごた》を繰返しているばかり」の世界の今日のありようからは、ますますよろこばしい風景が失われてきているのではないか、そのことが、わたしたちの日々のあり方をとても寂しいもの、索漠《さくばく》としたものにしているのではないか、ということを考えます。

世界はよろこばしい風景をとりもどすことができなくてはならない。そうでないと不幸だ。風景のひろがりのなかを旅し、旅をつづけて得たのは、その変わらない平凡な真実です。けれども、今日の世界にとっての問題は、その平凡な真実こそがいまではむしろもっとも得難い真実になってしまっている、ということです。

（２００４年９月９日）

# 器量という尺度

『我が心のオルガン』という韓国の映画があります。イ・ビョンホン、チョン・ドヨンという当代きっての俳優が主演したイ・ヨンジェ監督の一九九九年の映画ですが、その映画は、一人の女性が一枚のLPをレコード・プレイヤーにかける印象的なシーンに始まります。

一九六〇年代の韓国の山奥の村の小学校に、ソウルの大学をでたばかりの音楽の好きな若い教師が赴任します。若い教師の荷物のなかに、大切にしている一枚のレコードがある。しかし、村ではレコード・プレイヤーを手に入れられないので、レコードを聴くことができない。村の子どもたちも、先生のもっている黒い丸い円盤が何か、わからない。LPというものを、それまで知らなかったからです。

『我が心のオルガン』は、忘れがたい思いをのこす映画ですが、映画のイメージの中心をなすのは、あくまでもたった一枚のＬＰ、コニー・フランシスのＬＰです。そのＬＰが子どもたちのちょっとした悪戯で落ちて割れてしまう。

物語が語るのは、レコードという文化のもっていた秘密です。レコードの秘密は二つあって、一つは、プレイヤーなしには聴けないこと。二つは、割れたレコードは聴くことができないこと。

『我が心のオルガン』という映画に描かれる、レコードのもっていた単純な二つの秘密は、わたしたちのもつ文化のかたち、文化のありようについてさまざまなことを考えさせます。音楽の新しい再生装置がひろまったいまでは、時代遅れとなったレコードですが、古いレコードはいまでも文化や表現の在り方を考えなおすための、多くの手掛かりと貴重なヒントをのこしています。

わたし自身、いまもまだ古いレコードをかなりもっています。しかしレコードは、たとえそれをもっていても、それだけでは聴くことができない。レコード・プレイヤーをもっていなければ、聴くことはできない。プレイヤーをもっていても、レコードが破損していれば聴くことはできません。

プレイヤーというハードウェアと、レコードというソフトウェアと、そのどちらがなくても聴くことができないレコードという文化は、その意味で、ハードとソフトが分離するようになった時代の文化の在り方を、もっとも端的に象徴するものでした。

今日のわたしたちの文化の特質をなしているのは、そのようにハードとソフトが分離した文化の在り方、文化のかたちです。しかし、ハードとソフトの分離、分割、あるいは分裂がますます進むにつれて、そうした文化の在り方やかたちが、わたしたちの日々にもたらしたものは、実は、器量という、人間を、また社会を測る尺度の喪失ではなかったか、ということを考えます。

器量の器はハードウェアのこと。器量の量はソフトウェアのことです。量というのはただ分量だけでなく、重量や距離をも意味してきた言葉です。

器量というのは、二つで一つの言葉です。かつては、器量よしという言葉があり、器量人という言い方があり、器と量の二つを一つとして人間を測り、社会を測るということを、わたしたちはずっとしてきました。

そうした器量という尺度が失われるようになったのは、器量が器と量に、つまりハードとソフトに分離されるようになってからです。それはそんなに遠いむかしに起きたことではありません。『我が心のオルガン』がそうであるように、二十世紀の後半、一九六〇年代、それこそLPやTVの時代になってからです。

器量を器と量に切り離し、ハードとソフトをまったく二つに分離することで、可能になったのは、いちじるしい技術革新、誇るべき進歩、とびぬけたイノベーションです。そうして、器量という尺度に替わるものとして、わたしたちが手にしてきた新しい尺度は、性能という尺度だったように思います。

しかし、性能という尺度がすべてを測る尺度になったいま、むしろ当たり前のようになったのは、性能あって器量なしというような日常の事態ではなかったでしょうか。器量という尺度をもって見れば、おそろしく器量のない時代になってしまったと言わざるをえないような寂しさがあります。

もともと、ハードとソフトを分離できない、心身一体の、ハードにしてソフトである存在であるのが、人間というものの在り方でした。いまでもそうです。人間のハードが身体なら、人間のソフトは言葉です。

明治の辞書、大槻文彦の『言海』によれば、器量というのは、「物ノ用ニ堪フベキ才能」のことです。しかし、ハードとソフトの分離による進歩がもたらしてきたのは、おびただしい物の用に耐えない才能、ではなかったでしょうか。わたしたちの物の見方、感じ方、考え方に、器量という尺度を、いまこそとりもどしたい。わたしはそんなふうに感じています。

（2005年3月8日）

## 一日の特別な時間



どんなにゆたかになり、どんなに進歩し、どんなに技術が新しくなっても、変わらないものがあります。一日の時間です。

一日は朝と昼と夜でできていて、一日は二十四時間であるということ。この、変わらない一日の時間、変わりばえのしない一日の時間を、わたしたちがもちうるゆたかな時間にしてきたのは、一日の特別な時間です。

特別な時間というのは、一つは、ゆるやかな時間です。夜あけ、曙、朝ぼらけ、朝まだき、朝一、朝っぱら、昼前、昼やすみ、昼過ぎ、昼さがり、お茶(の時間)、日の暮れ、たそがれ、夕まぐれ、時分時、食事時、あるいは、夜半過ぎ、丑満時、真夜中、などなど。

そういったあいまいなといっていい言葉で表されてきた、あるいはそういった言葉でしか表せないような、微妙な時間。はっきりした時刻をもたない。けれど、誰にもはっきりと感じられる、ゆるやかな時間。そうしたゆるやかな時間が、わたしたちの一日の時間にもたらしてきたのは、時間と時間の間の時間、時の間をつくる時間でした。

そういった時間は、何でもない、平凡な時間のようにしか思えないかもしれません。けれども、どんな変化によっても変えられない一日の時間が、すべてデジタルで、きっかりと表されるようになったいまは、そういったあいまいな、ゆるやかな、しかしゆっくり何か充たされてくるような、時間の間の時間が、陰影やニュアンスや推移をはぐくむ間をもった時間の感覚が、ひどくもちにくいものになってしまっています。

昼さがりは、一日のどの時間になるのか。たそがれは、時分時は、一日のいつの時間のことか。頃合いというような時間の目盛りは、どうやって測るのか。そういった時間の数え方そのものが、いまはもう無効になっているのかもしれません。

もう一つ、わたしたちの一日の時間をゆたかにしてきた、特別な時間があります。特別な一瞬という時間です。そのときは気づかないけれど、あとになって気づく、「あの一瞬」といえるあざやかな時間もまた、変わることのないわたしたちの一日をゆたかにしてきた時間です。たとえば、ちょうどサッカーで、ゴールが決まったときのようなあざやかな一瞬が、試合全部の時間をゆたかな記憶に変えることができるように。

しかし、一日の時間のなかの特別な一瞬というのは、スポーツの場合のように待ちのぞむ劇的な一瞬でもなければ、その一瞬のためにできることをする目標でもありません。そうではなく、もっとずっと平凡で、あたりまえで、そうと意識しなければそのまま過ぎてしまう、そんな一瞬にすぎません。それが、どうして特別な一瞬になるのか。

『人生の特別な一瞬』(晶文社)という詩文集に、じぶんで書きとめた覚書。

人生の特別な一瞬というのは、本当は、ごくありふれた、なにげない、あるときの、ある一瞬の光景にすぎないだろう。そのときはすこしも気づかない。けれども、あるとき、ふっと、あのときがそうだったのだということに気づいて、思わずふりむく。

ほとんど、なにげなくさりげなく、あたりまえのように過ぎていったのに、ある一瞬の光景が、そこだけ切りぬかれたかのように、ずっと後になってから、人生の特別な一瞬として、ありありとした記憶となってもどってくる。

特別なものは何もない、だからこそ、特別なのだという逆説に、わたしたちの日々のかたちはささえられていると思う。

逆説の時代に、わたしたちは生きているのだと思います。大きな電車事故のニュースのような、突然の悲惨な出来事が伝えるのは、実は、事故や事件によって当事者たちから失われる最大のものが「一日の平凡な時間という特別な時間である」という、不可逆的な事実です。

人生というのは人の、日々の時間に対する態度のことだ。――夏目漱石は、確かそういう意味の言葉を、『道草』という物語のなかにのこしています。しかし、わたしたちの一日の時間をゆたかにしてきた、ゆるやかな時間、そして一瞬という特別な時間は、いまはとても実感しにくい、失われゆく時間になってきています。

日々の時間に対する態度を変えてゆかなくてはいけない。時間を細切りにしないで、大きく、ゆっくりと、一日の特別な時間を手にしてゆくことができなくてはいけない。そうでなければ、わたしたちの感受性はどんどん貧しくなっていってしまう。

たった一つの時間だけがあるのではありません。水辺には水辺の時間があります。緑陰には緑陰の時間があります。夜には夜の時間があり、対話の時間もあれば、孤独な時間もあります。それぞれの時間は、それぞれに時間の数え方がちがうのです。時間の数え方をたくさんもっているほど、人は一日の特別な時間をもつことができる。そう言っていいのではないでしょうか。

(2005年6月29日)

# 清渓川の空

芥川龍之介に、「大川の水」という小品があります。一九一二年、明治が終わって大正が始まる年に書かれた文章で、「自分は、大川端に近い町に生まれた」という書き出しに始まる文章です。

大川というのは隅田川です。芥川は幼い頃から大川を見て、毎日を過ごした。幼い自分がどんなに大川の水を愛し、大川のある日々の風景を愛していたか、大川に育まれた子供の「自分」の感受性の歴史を綴った、彫刻画のようにうつくしい文章です(『芥川龍之介全集』第一巻、岩波書店)。

川の水、川の流れの「何」が、芥川の心をとらえたか。自分の幼い心をその岸の柳の葉のようにおののかせたのは、「川のながめ」であり、その川の流れの「さびしい、自由な、なつかしさ」だった、と芥川は思いだしています。冬の川。夏の川。夜の川。その水の音。「あゝ、其《その》水の声のなつかしさ、つぶやくやうに、拗《す》ねるやうに、舌うつやうに、草の汁をしぼつた青い水は、日も夜も同じやうに、両岸の石崖を洗つてゆく」

そして、水の光。川の水の光の、滑らかさと暖かさ。東京という大都会を静かに流れているだけに、その水面の光は、「如何《いか》にも落付いた、人なつかしい、手ざはりのいゝ感じを持つてゐる」。「暗くない。眠つてゐない。(……)生きて動いてゐる(……)。自然の呼吸と人間の呼吸とが落ち合つて、何時《いつ》の間にか融合した都会の水の色の暖さ」

芥川の「大川の水」は、こういう言葉で終わっています。「もし自分に「東京」のにほひを問ふ人があるならば、自分は大川の水のにほひと答へるのに何の躊躇もしないであらう。独《ひとり》にほひのみではない。大川の水の色、大川の水のひゞきは、我愛する「東京」の色であり、声でなければならない。自分は大川あるが故に、「東京」を愛し、「東京」あるが故に、生活を愛するのである」

そうした芥川の文章をあらためて思いだしたのは、この晩秋、韓国のソウルででした。ソウルという町は、もともと漢江というそれこそ大きな川をもつ都市で、漢江、ハンガンの眺めがとりわけうつくしい都市ですが、そのソウルの市街の中心部に、こんどは、むかしからの川、清渓川と書いて、チョンゲチョンという川が新しくなって、この十月にふたたび姿を現したと知って、その川の姿を見たいばかりに、ソウルを訪ねたときでした。

ふたたび姿を現したというのは、清渓川は二十世紀後半には川に完全に蓋をして、その上に都心と郊外を結ぶ交通の動脈となる高架道路をつくったために、ずっと見えない川だったのです。その清渓川が、二十一世紀になって高架道路と川の蓋を完全に取り払って、二十二の橋をもつ、水の流れる川の姿をとりもどし、復元されたのが、この十月でした。

どういう川になったか。

新しい清渓川は、高層建築の真ん中を静かに流れてゆく川です。復元といっても、元の川にもどったのでなく、都市の真ん中を流れる川として新たに設計された川です。人びとにとって川とは何かを語る、物語をもつ川として設計された川、と言っていいかもしれません。新しい清渓川がここからはじまるという、地上の路面につくられている「水源」もユニークです(その後「水源」は姿を消してしまいましたが)。

それが少しずつ大きくなって、すぐに滝になって、川の流れがはじまり、川の流れはいくつかのポイントでせせらぎになり、たゆたう流れになったり、ゆたかに波だって流れさったり、それぞれにちがう橋の下を流れ過ぎてゆきます。これがその川のたたずまいですが、都心の川といっても、清渓川には、派手さは似合いません。もうすでに、清渓川には、ソウルの街に独特の、人の心を引きとめる気配が漂っています。

全長六キロちかくの川ですが、両岸に散歩道がつづき、途中で飛び石でこっちからそっちへ渡ることもできる川は、復元されて一月で六百三十万近くの人を集めました。しかし、このふたたび姿を現した川の魅力は、何といっても、街中にある川の流れ、水のかがやき、水への親しみがつくりだす、いわば感受性の学校、あるいは、感受性の工房としての川の魅力を、現実に、街の日々にとりもどそうとしているところにあります。

この十一月に、実際に清渓川の河岸の道をゆっくり、ゆっくり歩いて、第一に感じたことは、川というのは、道よりずっと低い所を流れてゆく、その川面に近い所にある道から見上げると、その川は高層建築の街のなかにあるのに、ちがう。空だけがいままでなかったように大きくひろがっています。街にきれいな川をとりもどすことは、街に広い空をとりもどすことでもあるということ。

清渓川の空の下で感じ、考えていたのは、わたしたちは、いつか芥川の言った、街の魅力と個性をそだてる川の魅力のない街、生活を愛することのできない街に生きてしまっているのではないかということです。

「さびしい、自由な、なつかしさ」「水の声」「水の光の滑らかさ、暖かさ」水のかがやき、風紋、草のそよぎ、流れのよどみ。「いかにも落付いた、人なつかしい、手ざわりのいい感じをもつ」光景。そうした光景の一つ一つにかなったヴォキャブラリーや言葉こそ、わたしたちがいま、街の日々にもっとも失ったままでいる言葉ではないのでしょうか。

川をとりもどし、空をとりもどす。そしてニュアンスゆたかな言葉をとりもどし、新鮮な感受性をとりもどすことができなければと思うのです。川辺の道から見上げた、清渓川の空は、とても静かでした。

（２００５年12月20日）

## 不文律を重んじる

言葉を書く、言葉で表すということを仕事にしていて、いつもつよく意識することは、実際には、言葉にできない、言葉で表せないという思いや事柄が、どんなにたくさんあるかということです。

言葉を書く、言葉で表すということは、言葉にしたこと、できたことを明らかにすることであると同時に、言葉にできない、言葉で表せないことを明らかにすることでもあります。

不文律《ふぶんりつ》という言葉があります。これは、なかなか言葉にできないような、めったに言葉で表せないような、しかし、おたがいのあいだで重んじたいルール、価値があるんだということを言う言葉です。

英語だと、コモンローという言葉が、そしてコモンセンスという言葉が、不文律という言葉にあたりますが、それもともすればコモンローは慣習法だ、コモンセンスは常識だと片づけられてしまいがちで、そういった言葉が社会にゆっくりと育んできた「共通の」感覚、「共有する」価値、「共にする」言葉、眼差しを「共にする」方向といった、もともとの意味が、いまではすっかりないがしろにされていると言っていいかもしれません。不文律という言葉も、いまは身近な言葉ではなくなっています。

けれども、そのために、わたしたちの社会に失われ、落ちてきてしまったものがあります。筋肉が落ちてしまった。社会の、筋肉が落ちてしまった。使わないと、落ちてしまうのが筋肉です。その社会のしなやかな筋肉をつくり、不断にたもつのが、わたしの考えでは、不文律です。

不文律を重んじることの大切さが軽んじられて、不文律のもつ力が損なわれると、損なわれるのは、コモンという、社会の健康というか、活力を支える、「共にある」意識です。社会を、新鮮な空気のかよう場所にしてゆく。そのためになくてはならないものとしての、不文律のもつ力ということを、いまさらのように思いださせるのが、幕末から明治へ、日本の近代への舵を切った勝海舟の遺した言葉です。

『氷川清話』として遺されている勝海舟の談話は（講談社学術文庫ほか）、言葉の切れ味のあざやかさ、するどさで知られますが、その言葉の切れ味を生んだのは、勝海舟という人が終生失うことのなかった、どこまでも社会の不文律を重んじることを第一とした心根です。

『氷川清話』の言葉遣いは独特です。「維新の頃には、（……）広い天下におれに賛成するものは一人もなかつたけれども（……）おれは常に世の中には道といふものがあると思つて、楽しんで居た」。海舟の言う「道」が不文律です。しかし、「主義といひ、道といつて、必ずこれのみと断定するのは、おれは昔から好まない」と言い、「単に道といつても、道には大小厚薄濃淡の差がある。しかるにその一を揚げて他を排斥するのは、おれの取らないところだ」と言いました。

海舟は幕府の政権奉還、江戸城の無血引き払いを実現した人ですが、そのとき海舟は、「都府といふものは、天下の共有物であつて、決して一個人の私有物ではない」ことを論拠とした。「天下の共有物」というのは不文律の基準です。気運を読んで、社会を律する不文律に拠って生きる生き方が、海舟という人物の自信をつくった。人間は活物《かつぶつ》だ、というのが、海舟の物差しでした。

「なに事も根気が本《もと》だ。今の人は牛肉だとか、滋養品だとか騒ぐ癖に、根気はかへつて弱いが妙だ」。あるいは、「寝学問」が大切だと言い、「まづ横に寝て」、そして呼吸をととのえて、あくまで「不用意の用意」をもってしなければ、事に応じ変に処して、やり通すなんてできないのだ、と言いました。

「世の中の事は、時々刻々変遷極まりないもので、機来り機去り、その間《かん》実に髪《はつ》を容《い》れない。かういふ世界に処して、万事小理窟をもつて、これに応ぜうとしても、それはとても及ばない。世間は活《い》きて居る。理窟は死んで居る」。何より大事なのは、「この間の消息《しょうそく》を看破するだけの眼識」であり、「この間に処していはゆる気合《きあい》を制するだけの胆識」だと言い切っています。

しかし、「根気」といい「気合」といい、また「眼識」といい「胆識」といい、どれも数値にはでない、厳密に決められない、しごく曖昧な言葉でしかありません。数値にきちんと表せないような物言いが信じられなくなった今日、いずれもいまは使われなくなった言葉です。けれども、そういった数値にはでない、厳密に決められない、定義できない、むしろ曖昧な言葉によってしか伝えられないような大切なものが、社会にはあって、そうした不確かな言葉を通じて、確かに伝えられ、手わたされてきたのが、おたがいのあいだで分け合える、「共通の」感覚、「共有する」価値、「共にする」言葉、眼差しを「共にする」方向といった、不文律を重んじることの大切さだった、ということを考えます。

なまなかな言葉では表せないけれども、おたがいのあいだで重んじたいルール、価値があるんだということ。ルールというと、すぐに規則、法律とされますが、法律は法律が全部なのではなく、法律の半分はコモンロー、不文律でできています。亡くなった司馬遼太郎さんは「義」と書いて、「義」にルールと振り仮名をふって、書いたことがあります。そうした「義」

もまた、法律の条文にあるルールではなく、不文律の言葉でしか表せないルールです。

ゆたかな不文律を育てられない社会は、画一的になっていって、いつか息ぐるしくなってゆきます。不文律を重んじることを重んじること。不文律を重んじるということが、実は、どれほど社会の言葉をゆたかにしてきたか、どれほどわたしたちの生き方や態度を充実させてくることができたか、そうして、コモンという、社会の健康というか、活力を支える、「共にある」意識、感覚を、どれほど育んでこられたのか、ということを、いまは、あらためて省みるべきときではないだろうかと思うのです。

（2006年3月31日）

# 樹が語ること

家の近くに、一本の大きな欅《けやき》の木があります。保護樹木に指定されているその欅の下に道ができてからは、その樹の下の道を通って、立ちどまって、樹を見上げて、樹が語ることに耳傾けるということが、ほとんど毎日の習慣になりました。

樹の言葉は、沈黙の言葉です。

樹の語ることを注意して聴いて気づくのは、樹は、樹の大きさとおなじだけの大きな沈黙をもっている、そして、樹のゆたかさとおなじだけのゆたかな時間をもっている、ということです。何でもないことのようで、その大きな樹がそこに自らたもっているものは、人間のもっていない存在の大きさであり、時間のゆたかさです。

樹は、ちょっと見には、いつも変わらない姿、かたちをしています。けれども、何一つ変わらないようでいて、樹に近づくときに、自覚して見上げると、一日一日、樹はおどろくほど違う姿、かたちを、黙って生きているのだということに、思わず息をのむことがあります。

朝の樹、昼下がりの樹、夕日に照らされた樹、夜の闇の樹。澄んで晴れた日には、透明な樹、曇天の日はあいまいな樹、雨の日は雨の滴をみのらせる樹。激しい風の日の樹は、木でできたドラゴンの樹。大きな樹は、いつもおなじ樹であって、いつもおなじ樹ではありません。

けれども、いつもそこにある。どんなにときが過ぎ去っても、気がつくといつもそこにあるのが大きな樹です。いまのわたしたちが生まれる前からそこにあって、いまのわたしたちが死んだ後もきっとそこにあるだろう樹。それが樹自身が示している、樹の在り方です。

正確な樹齢はわかりませんが、わたしの眼前にあるその樹が生きてきた時間は、風景や景観を壊すことを余儀ないものとしてきたこの国の近代よりも、たぶんもっとずっと長い時間です。街のなかでいちばん長い歳月を生きてきたし、生きているのが、その大きな樹です。そのような樹にとって、たとえば歴史というのはどのようなものであるのだろうかということを考えると、人間というものはいかに人間のもつ時間でしか物事を考えようとしないか、してこなかったか、いまもしていないかということに、いまさらのように感慨を深くします。

いまは一本だけのこされている欅の木ですが、どんなに孤立しているように見えても、樹はあくまでも共に生きている存在です。季節と共に、気候と共に、風景と共に、街と共に、時と共に在るのが樹であり、そうした樹の在り方から不断によびさまされるのは、しんとして、その樹から伝わってくる、そうした「共に在る」という直接的で、根源的な感覚です。

一度でも一人で、大きな樹の下に足をとめ、黙って、まっすぐ真上の、大きな枝々を見上げると、葉の緑のかさなりのなかから音もなく降ってくる時間のかすみ網に、自分が柔らかに包まれて運び去られるような不思議な気もちに襲われます。

人の日常の中心には、人の在り方の、原初の記憶がひそんでいます。

街にたたずまう大きな樹が、見上げて樹の下に立ちつくす一人に思いださせるのは、そうした、この世における、人の在り方の、原初の記憶です。人はかつて樹だった。しかし、いまはもはや、人は根のない木か、伐られた木か、さもなければ流木のような存在でしかなくなっているのではないだろうか、と。

『人はかつて樹だった』(みすず書房)というわたしの詩集は、そうした思いをモチーフとして、さまざまな樹が語った言葉を詩に書きとったものです。その一篇、「樹の伝記」という詩。

この場所で生まれた。この場所で
そだった。この場所でじぶんで
まっすぐ立つことを覚えた。

空が言った。——わたしは
いつもきみの頭のすぐ上にいる。
最初に日光を集めることを覚えた。——
次に雨を集めることも覚えた。
それから風に聴くことを学んだ。
夜は北斗七星に方角を学び、
闇のなかを走る小動物たちの
微かな足音に耳をすました。
そして年月の数え方を学んだ。
ずっと遠くを見ることを学んだ。
大きくなって、大きくなるとは
大きな影をつくることだと知った。
雲が言った。——わたしは
いつもきみの心を横切ってゆく。——
うつくしさがすべてではなかった。
むなしさを知り、いとおしむことを

覚え、老いてゆくことを学んだ。
老いるとは受け容れることである。
あたたかなものはあたたかいと言え。
空は青いと言え。

夏、大きな樹の差しだす緑陰が、とりわけ慕わしい季節です。夏こそは、樹が木漏れ日の言葉で、わたしたちに語ることに、黙して耳傾ける時間を、ゆっくりともちたいものです。

樹の下に立ちどまる。空を見上げる。沈黙を聞く。どこか遠くへゆくことをしなくても、大きな樹は、毎日の風景のなかに、はるかな大自然の記憶をとどめる最後の証人のように、わたしたちのすぐそばに、きっとあります。

（2006年8月2日）

## 日々をつくる習慣

このところ何かにつけて「力」(りょく、ちから)という言葉を目にします。たとえば、言語力、思考力、文化力、対話力、コミュニケーション力、というように。そのように使われる「力」は、多く「能力」という意味に用いられています。

しかし、「力」というのは、「能力」ということでしょうか。「読書力」というふうな言われ方もします。しかし、「読書力」とは「読書する能力」のことではありません。「読書力」は、「読書する能力」のことでなく、「読書する習慣」のことです。

いま、求められているのは、「能力」という力でしょうか。そうではなく、「習慣」という力ではないでしょうか。わたしたち一人ひとりを日々に支えるべき「習慣」の力が、いまはもろくなってしまっています。

本について言えば、本はいまは、つかのま消費されるものであって、人生の習慣をつくりだすものではなくなっています。しかし、かつて読書が力をもっていたのは、それが日々の習慣、人生の習慣をつくる力をもっていたためでした。

人の生き方の姿勢をつくるのは、日々の習慣、人生の習慣です。そうして、かつてその人をその人たらしめる日々の生き方を確かにした習慣だったのは、読書という習慣でした。

わたしがあらためてそのことを痛感したのは、『知恵の悲しみの時代』という本で、若くして死んだ、ある一人の読書家の短い人生をたどったときです(みすず書房)。

類まれな読書家だったその青年は、この国の昭和の戦争の時代に、一召集兵として中国の戦線にあって、太平洋戦争が始まる三年前に、戦死しています。死後、その読書家の戦場での日記と手紙を集めた本が『太田伍長の陣中手記』として編まれますが(岩波書店、一九四〇年)、そこに遺されたのは、戦地に送ってほしいと若い妻に書き送った実にたくさんの本の書名でした。

その最後の手紙となったのは、こういう手紙です。

「岩波文庫の内、ジンメル「断想」、ラヴェッソン「習慣論」、ハイネ「冬物語」も、それから「思想」と云ふ雑誌の新らしいのを今度ついでの節御送り下さい。みな、私の本箱にはありませんから本屋で新たに買つて下さい」

戦場にあっても、読書の習慣を最後まで崩さなかった読書家の生き方の姿勢を伝えたのは、その本がでたときに『新女苑』という雑誌にでた、遺された妻へのインタビューです。

結婚は、死んだ兵士がまだ東京帝大の学生だったとき。下町の小さな薬屋の一人っ子で、卒業後は渋沢栄一の伝記資料編纂の仕事に携わりながら、家事を手伝い、「いつも僕の時間になるのは十二時なんだ。それから本を読むのでねるのは二時か三時になつてしまふ」、そのような毎日を送っていた人でした。

「事変が始まると共に、第一補充の良夫《おっと》は、この日のあることをかねぐ〜覚悟して気持の準備はしてゐたのでせう。エンサイ先生と綽名されるほど本を読むこと、学ぶこと、そして正義を尊ぶことしかしらなかつた人のいゝ良夫《おっと》は、きつと私には云はなかつたけれど、そのひろい社会への視野と、高い教養と、正義感と、そして理想主義的な思想とから、はげしい懐疑に苦悩してゐたに違ひありません。その良夫《おっと》は、召集をうけた時すこしも動じなかつたのです。私は多くの人たちの召集をうけたときの熱病的な昂奮をきいてゐるだけに、そのおちついた様子に、初めて教養のもつ美しさと尊さをみることができたやうでした」

それを読んだ作家の吉屋信子が同じ雑誌に書いた「本と兵隊」という文章も印象的です。

「太田伍長が、いかに読書を愛したか、戦地から夫人等に、その送本を頼まれた、御本のいろ〳〵の名にも、それが、よく忍ばれる。

欧州戦争の際（戦争中ドイツ文学が塹壕のなかで、最も真剣に読まれた）と、言われてゐる。

また、いま敵として戰つてゐる、中華民国の若い学生青年兵も、その塹壕や、トーチカのなかに、彼等の愛読の書籍を、たづさへてゐるのが、皇軍占領の跡にも、うかゞへると伝え聞く

――

おもへば、敵ながら、あはれふかく、一掬の涙を感じずには、ゐられない」

その戦場で死んだ兵士の果たせなかった夢というのは、こういうものでした。

「雨の日のOffice、雨の日の書斎、雨の日の家庭。軍隊から帰つた日、本を何百円と買ふ時のことを想像する。わく〳〵する」

戦争の時代の記憶のなかに本の記憶を置くと、時代の風景の感じがふっと違ってきます。どれほどささやかなものであったとしても、本というものの記憶から立ち上がってくるのが、そこにこういうふうに自分の習慣を持して生きた人がいた、という鮮明な記憶であるためです。

人を人たらしめるものは、「習慣」の力なのだということを忘れないようにしたいと思うのです。過ぎた二十世紀に、戦争が壊したのは、日々の「習慣」でした。けれども、戦後の生活様式の変化、モータリゼーション、急速な技術革新、めざましい経済改革もまた、結果したのは日々の「習慣」の崩壊でした。

そうしていま、わたしたちは、日々を確かにすべき新しい「習慣」を、まだもてずにいる、そのことが、いま、さまざまな難題を、わたしたちの社会にもたらしている、ということを考

えます。秩序や規範にではなく、人の個性、社会の個性、文化の個性を、ゆっくりと確かにしてゆく「習慣」の力、日々をゆるやかにささえるものとしての「習慣」の力に、もっともっと自覚的でありたい。「習慣」は人を裏切らないからです。

（２００６年12月22日）

# 故郷とホーム

故郷という言葉を、わたしたちはごく自然に使っています。あたりまえの、当然至極の言葉のように。しかし、故郷という言葉、ほんとうは、それほど自明の、わかりきった言葉ではないのではないでしょうか。

十九世紀の終わり近く、明治半ばにでた大槻文彦の『言海』という辞書には、故郷はフルサトとあり、「コキョウ忘ジガタシ」という用例があげられています。しかし、そのフルサトである故郷というのは、忘ジガタシという用例が示すように、いまはそこに住んでいない場所というのが故郷です。

それから百年経った、二十世紀の終わり近く、平成になってでた新明解国語辞典にも、故郷は「(今は住んでいない)自分の生まれた土地。ふるさと」とあり、それは、生まれて育って、そうして自ら離れてゆく場所が故郷であり、ふるさとだという事情が、この百年この国で変わらなかったことをも示しています。

そうであれば、故郷という言葉は、自分がそこで生きている場所、土地であるという意味合いをもっていないことになります。事実、明治このかた、人それぞれの生き方をつくってきたのは、故郷を離れ、ふるさとを離れて生きるという生き方でした。それが自立した生き方であるというのが、わたしたちの多くが経験してきた生き方です。

しかし、ほんとうに、故郷というのは、辞書にあるように、ただ「コキョウ忘ジガタシ」で、「(今は住んでいない)自分の生まれた土地。ふるさと」ということに尽きるものなのでしょうか。それにしては、わたしたちは故郷という言葉に、ずいぶんそれぞれに思いを託してきたように思います。

故郷というのは、もしかしたらずっと考えられてきたような、場所を言い表す言葉では、実際はないのではないか。後にしてきた場所を言う言葉、出自や出身を言う言葉でなく、むしろ、本来それぞれの生き方をささえるべき、いわば人生の方位感覚、もしくは方向感覚というものを表す言葉ではないのだろうか。そう思うのです。

ノスタルジーの対象として、「今は住んでいない自分の生まれた土地。ふるさと」を懐かしむのが、故郷なのではないと思うのです。郷土、あるいは、地方、もしくは地域というのが、わたしたちにとっての故郷というものの唯一つの単位なのではないと思うのです。そうではなくて、自分がそのなかで育ってきた時代があり、その時代が自分のなかにつくったベアリングがある。

ベアリングというのは、機械の装置で、回転する軸を受けとめて支える軸受けです。ベアリングという英語の言葉は、受けとめることが、すなわちその人特有の態度、姿勢、あるいはその人の位置、そうして進む方位・方向をつくりだす、という意味をもっています。

二十世紀の百年をへてはっきりしたことは、わたしたちはもしそう言ってよければ、それぞれがそれぞれに、自分の故郷としての自分の時代をもっているのだ、ということでした。わたしはそう考えています。自分が生まれ育ってきた時代はどういう時代なのか、自分の時代の回転軸が自分のなかにのこした軸受け、ベアリングは何かということです。

故郷というのは場所なのではなくて時代なのだという意識を世界にもたらした一人に、歌手のボブ・ディランがいます。そのボブ・ディランの長編ドキュメンタリー映画を、アカデミー賞監督となったマーティン・スコセッシが二〇〇五年につくりました。

とても印象的な映画で、タイトルが『ノー・ディレクション・ホーム』。ホームは故郷ですが、英語のホームには、自分の生まれた土地だけでなく、いま住んでいる場所、そして墓地も含まれます。ボブ・ディランの歌の主題は、つねに時代と、そしてホームでした。

その映画を撮った監督のスコセッシは、こういうことを言った。

「『ノー・ディレクション・ホーム』というタイトルは、ディランの歌「ライク・ア・ローリングストーン」にでてくる印象的な言葉です。それは「めざすべき家をもっていない」ということですが、われわれはホームにたどりつけないかもしれないし、たとえたどりついてもそれは別の場所かもしれない。けれども、たどりつくのは絶対無理だろうけれども、頑張ってやってみようとする。つまり、ホームというのは、そうやっているうちにできてくるもので、そのプロセスのなかにあるものなんだということだと。それは人生全体の原動力に十分なりえると思うと」（DVDに付せられたインタビュー）

かつて、ふるさとは遠きにありて思うものでした。しかしすでに、ふるさとはどこにもなくて思うものになった。そう感じられるような二十一世紀の現在、わたしたちにとっての故郷とは、ホームとは何であるかを質すことは、わたしたち自身、どんな方位感覚、方向感覚をもって、この先に、どんな時代をのぞんでいるのかを質すことであるだろう。わたしはそう考えています。

（2007年3月26日）

# 読まない読書

読書というと、本を読むことが読書だと考えられています。読んでこその本というのは確かですが、読む読書が、読書のすべてなのではありません。読まない読書もまた、本来はとても重要な読書だからです。

読まない読書というのは、読む前の読書ということです。読む前に、その本が目の前になければ、その本を読むことはできません。読もうにも、目の前にない本は読むことができないからです。読まない読書というのは、ですから、「読む」ということの前に、「本がここにある」ということの大事さを受けとめるということです。

読書というのは、本とどう付き合うかということです。けれども、読む読書ばかりが、つまり、情報としての読書ばかりが優先されるようになってきて、いま、損なわれてきている、崩れてきていると感じるのは、本とどう付き合うか、それぞれの、本との付き合い方の流儀です。何を読むかではなく、どこで、どんな時間に、どんな姿勢、どんな気分で読むか。本を読むということは、本来そういう自分の流儀をまもる、確かめるという性質をもつものでもあったはずだし、あるはずです。その意味で、もっとずっと考えられなければならないのは、本という文化のそもそものありようなのではないでしょうか。

本という文化をつくり、ささえてきたのは、本のつくってきた様式でした。たとえば、紙の本がつくってきた「綴じる」という技術が生んだ様式。その「綴じる」という様式は、読まない読書、読む前の読書、「本がここにある」ということの大事さというものを、途方もないほどゆたかにして、いわば本の世界のゆたかな腐葉土をつくってきました。そのようにきちんと「綴じられた」確かな本があって、読書の世界はゆたかな収穫の季節をかさねてきました。

あるいは、本の「かたち」です。どんなかたちだろうと本は本、なのではありません。精神の容器としての本のゆたかさをつくってきたのは、いつのときも本の「かたち」でした。

本のかたちがそのまま本の世界を体現してきたということも少なくありません。読まない読書、読む前の読書、「本がここにある」ということの大事さというものを、途方もないほどゆたかにしてきたのも、本の「かたち」です。本の記憶というものをいつでも確かにしてきたのも、本の生まれた時代の空気をしばしば鮮やかにのこしてきたのも、本の「かたち」です。

活字、数字、書体、色、余白、紙。読む前の読書というものを可能にしてきたものは、「本がここにある」ということを、わたしたちの目の前に示してきた、こうした本を本たらしめてきた一切のものです。

せんだって、わたしは『本を愛しなさい』という小さな本を出しました(みすず書房)。書名の「本を愛しなさい」というのは、わたしがそう言ったのではありません。「本を愛しなさい」と、ある日わたしが目の前の本に言われた。それを書名にした本です。そのとびらに、短い詩を書きました。

本を愛しなさい、と
人生のある日、ことばが言った。
そうすれば百年の知己になる。
見知らぬ人たちとも。
風を運ぶ人とも。
死者たちとも。
冴とも。

はじめに本があって、読書はそれからはじまる。

本というもの、そして言葉というものは、もともと誰かの所有に帰するものではない。わたしはそう考えています。本というもの、言葉というものは、本来、所有するものでなく、預かり物です。書くことが言葉を自分の手に預かることであるように、本を求めるというのは、お金を出して、その本を気のすむまで預かることです。

本を壊して必要なところだけをわがものにするまで読むという人がいます。読む本の勘所に二色三色のボールペンで線引きし徹底して読むという人もいます。それはわたしは違うと思う。自ら本を壊したり、本に消せない線を引いたりすれば、自分からすすんで預かった本を、後の時代に返せなくなる。

そうでなく、前の時代、同時代から預かって、そうして、次の時代に返す。読まない読書というのは、本は読んで終わり、なのではないということです。手わたされて、手わたしてゆく。手わたしの、そのつながりのなかに、じぶんを置くということです。

言葉というもの、そして本というものは、そうやって繰りかえし手わたされていって、再生されるべきものは繰りかえし再生されてゆく。読書というのはそういうものなのだろうと、わたしは考えています。

（２００７年７月３日）

# 変わった人

「変わった人」とされる人が、かつて社会にはいました。「変わった人」と言うと、いまはすぐにも「不審な人」とされてしまいそうですが、かつてはそうではありませんでした。

「変わった人」というのは、その人を退ける言葉、排除する言葉などではなく、むしろ人生に対する態度、姿勢が、人とは違う人を言う言葉で、それは違う価値をもつ人を尊重する思いもふくんだ言葉でした。

社会の多様な価値をさまざまなしかたで、独自に体現していた「変わった人」。古来、文学の魅力をかたちづくってきたものもまた、「変わった人」たちの物語です。

「昨今の混乱をきわめる時代、だれもが個々のばらばらな部分をひとつにまとめ、何らかの普遍的な意義を探りあてようとやっきになっている時代はなおさらである。そもそも変人というのは、多くの場合、社会の一部分にして孤立した現象にすぎない。(……)もしもみなさんが(……)「いや、そんなことはない」(……)とでも答えてくれるなら、(……)わたしとしてはきっと大いに励まされる思いがするだろう。なぜなら、変人は「かならずしも」部分であったり、孤立した現象とは限らないばかりか、むしろ変人こそが全体の核心をはらみ、同時代のほかの連中のほうが、(……)しばしその変人から切り離されているといった事態が生じるからである」(亀山郁夫訳、光文社古典新訳文庫)

そう言ったのは、『カラマーゾフの兄弟』を書いたドストエフスキーでした。そのように「変わった人こそが全体の核心をはらんでいた」時代が、ロシアに限らず十九世紀後半の世界でしたが、そのドストエフスキーとまったくおなじときに、アメリカに、たった一人で詩を書きつづけた一人の女性詩人がいました。エミリ・ディキンスンです。

いまはポー、ホイットマンとともに、十九世紀アメリカのもっとも重要な詩人の一人とされるディキンスンですが、生きていたときにはまったく世に知られず、詩を書いていることさえほとんど知られませんでした。詩人として知られるようになったのは、五十五歳で死んだ後に詩集が出版されて、書きのこされた一七八九篇(フランクリン版。ジョンスン版は一七七五篇)におよぶ詩がひろく読まれるようになってからです。

それだけでなく、ディキンスンは、それこそ、まったくエミリ・ディキンスンのように生きたとしか言えない、一個の生き方をつらぬいた人でした。北米ニューイングランド、マサチューセッツ州のアマストという小さな大学町の、町のメインストリートに面した大きなレンガ造りの家で、二階の自分の部屋からほとんどでることなく、誰にも会わず、どこにも出かけず、意志して、およそ徹底した生涯をおくった、極めつきの変わった人だったのです。

一枚だけ、ディキンスンの写真がのこっています。ディキンスン自身に言わせると、「不器用で、ミソサザイのように小柄で、髪は栗のイガのように硬くて、眼の色は飲み残しのコップのなかのシェリー酒のよう」。いつも白い服を着て、手に花を持っていた、きっぱりとした態度の持ち主でした。

そんなディキンスンが、たった一人心をひらいたのは、ある日エミリの部屋に移ってきた一匹の白ネズミだった、というおもしろい設定で、アマストのこのとびぬけて変わった人の秘密を、今日の目線から親しくたどって書かれたのが、わたしが今度訳した『エミリ・ディキンスン家のネズミ』という小さな本です（みすず書房）。物語として書かれた本ですが、この本には、詩人と白ネズミのあいだに交わされる手紙として、ディキンスンの詩が挿まれています。

ディキンスンにとっては、詩というのは手紙でした。手紙はレターであり、そしてレターは文字です。白ネズミに宛てて紙片に書きつけられた、その最初の手紙というのが、次の詩です（If I can stop one Heart from breaking　フランクリン版982、ジョンスン版919）。たぶん、エミリ・ディキンスンという詩人が思いだされるときに、真っ先に思いだされるだろう、つよい印象をのこす詩です。

一つの心が壊れるのをとめられるなら
わたしの人生だって無駄ではないだろう
一つのいのちの痛みを癒せるなら
一つの苦しみを静められるなら

一羽の弱ったコマツグミを
もう一度、巣に戻してやれるなら
わたしの人生だって無駄ではないだろう

「変わった人」が、同時代に、また後世に遺したものは、いまなおわたしたちを、ちゃんとさせるような何かです。それが何かということを、ディキンスンの詩は祈るような簡潔な言葉で伝えます。人の、人としてのディグニティ、尊厳ということです。

人はディグニティということが大事なのだということを、まさしく身をもって伝えてきたのは、いつの世にも「変わった人」たちでした。ところがそうした「変わった人」の独特の在りようが、いつからか見えにくくなっていって、「変わった人」の姿がどこかに消えていってしまっている。そして、そのことが、今日の、すぐさま平均値を求めがちなわたしたちの社会の空気を、どこか投げやりな、生気のないものにしている。そう思うのです。

けれども、何もできないのではないのだと、アマストの「変わった人」は、書き遺しました。いまもまた「昨今の混乱をきわめる時代」なのかもしれません。「一羽の弱ったコマツグミを、もう一度、巣に戻してやれるなら、わたしの人生だって無駄ではないだろう」。もし「変わった人」を一人でも心に棲まわせることができるなら、自分の在り方が違ってきます。「変わった人」は、大いにわたしたちを励ましてくれる、そういう人でもあるからです。

（２００７年11月13日）

# 風景が主人公

わたしたちの物の見方、考え方、感じ方に、いま広く、深く、もっとも日常的につよい影響をあたえているのは、たぶん映像です。物事を認識し、思案し判断するということは、いまでは物事を映像によって認識し、思案し、判断するということと、ほとんど変わりなくなっていると言っていいかもしれません。

それほどわたしたちを揺さぶり動かす力をもちつづけてきた映像の世界が、ここにきて急速に、デジタル映像の世界へ変わってきました。そのデジタル映像への転換は、思いがけないことに、いままで映像が日常的につくってきた、わたしたちの物の見方、感じ方、考え方を変えていく方向を指しているように、わたしには思えます。

映像の世界にデジタル技術が導いたのは、驚くほどの大画面と、その大画面に映しだされる、驚くほど精緻《せいち》な映像がもたらした、新たな「風景」の発見です。遠くの遠くまでも、細部の細部までも、きわめて鮮明な映像が感得させるのは、これまではずっと、背景でしかなかった「風景」こそが、実はこの世界の主人公であるということです。

映像がわたしたちの物の見方、感じ方、考え方を動かすようになったのは、大雑把に言えば、二十世紀の百年の時代です。二十世紀の百年の時代、モノクロからカラーへ、写真、映画、テレビ、ビデオとつづいてきた、アナログによる映像の世界において、主人公だったのは、有名無名を問わずつねに人であり、人間が世界の主人公でした。

もっぱら人が世界の主人公としてとらえられてきた時代は、逆に言えば、人もまた「風景」の一部にほかならないということが忘れられてきた、そういう時代でもあります。そうしてそれは、アナログによる映像の世界で、極端なまでに凝縮した部分に雄弁に語らせる、クローズアップという手法が多用されてきた、そういう時代です。

クローズアップされた人の映像は、ぬきさしならないほどわたしたちの物の見方、感じ方、考え方に影響をあたえてきました。ニュースでも、ドラマでも、映画でも、スポーツでも、あるいはごく個人的な写真やビデオでも、まず求められてきたのは、つねに効果的なクローズアップの映像であり、忘れがたいクローズアップの映像が、わたしたちの物の見方、感じ方、考え方にのこした影響は少なくありません。

そのクローズアップの魔術は、しかし、遠くの遠くまでも細部の細部までもきわめて鮮明なデジタルの映像では、すでに全能ではなくなってきているのではないでしょうか。

クローズアップではなく、その逆に、たとえば空撮のように、「風景」全体を一挙にとらえるときにもっとも効果的な映像を、デジタル映像はもたらします。そうして、「風景」に対しての、広がりをもったきわめて鮮明な感覚をよびさます力を、デジタル映像の視覚は秘めています。

全体と細部を、同時に見わたすような、「風景」に対しての、広がりをもった鮮明な感覚をよびさますというのは、しかし、実は、新しい技術の魔術というものなどではなくて、むしろ「風景」への眼差しを遠ざけてきたクローズアップの時代以前の視覚を、原初的なまなざしというものを、いまここに取り戻してゆくということだと、わたし自身は思っています。

原初的な眼差しをもって、世界を見ること。『死者の贈り物』という詩集(みすず書房)に収めた、世界の「風景」を書いた、「アメイジング・ツリー」という、わたし自身の詩を読んでみます。

おおきな樹があった。樹は、
雨の子どもだ。父は日光だった。

樹は、葉をつけ、花をつけ、実をつけた。
樹上には空が、樹下には静かな影があった。
樹は、話すことができた。話せるのは
沈黙のことばだ。そのことばは
太い幹と、春秋でできていて、
無数の小枝と、星霜でできていた。
樹はどこへもゆかない。どんな時代も
そこにいる。そこに樹があれば、そこに
水があり、笑い声と、あたたかな闇がある。
突風が走ってきて、去っていった。
綿雲がちかづいてきて、去っていった。
夕日が樹に、矢のように突き刺さった。
鳥たちがかえってくると、夜が深くなった。
そして朝、一日が永遠のようにはじまるのだ。
象と水牛がやってきて、去っていった。
悲しい人たちがやってきて、去っていった。

この世で、人はほんの短い時間を、
土の上で過ごすだけにすぎない。
仕事して、愛して、眠って、
ひょいと、ある日、姿を消すのだ、
人は、おおきな樹のなかに。

詩というのは、人間のもつもっとも古い言葉のかたちですが、つねに世界の「風景」を見つめる言葉として、そう言ってよければ、なによりデジタル的な言葉でありつづけてきた言葉です。

「風景」というのは、砂漠や海や山だけでなく、都市や遺跡がそうであるように、「自然」とは違います。人間ができることは「風景」を見いだし、「風景」をつくること。けれども、「風景」をつくりだすのは人間だけれども、のこるのは人間ではありません。「風景」です。そのように「風景」がこの世をつくってきたし、つくっているということを忘れるべきではない。そう思うのです。

人間が主人公となって「風景」をこわしてしまって何ものこさないことほど、無残な光景はありません。詩の心というのは、「我を絵にみる心」なんだと言ったのは、芭蕉でした。

映像のデジタル技術がいままた再発見させる、世界の主人公としての「風景」。きわだって感覚的、精神的な経験を、わたしたちのうちによびさます光景としての「風景」。全体と細部を同時に見わたす、デジタル映像のもたらす「風景」の時代に、なにより求められるのは、詩の心だろう、「我を絵にみる」そういう詩の心だろう。わたしはそう考えています。

（2008年1月23日）

# 死者と語らう

年々歳々、人の死の知らせを聞くことが多くなりました。身近な人の死。五十年会うこともなかった幼い日の友人の死。あるいは、一度も会ったことがなくても、ずっと近しく思っていたような人の死。

ふっと立ちどまって、あるいは、ふっと顔をあげて、そうした、いまはいない人たちと話したくなるときがあります。いま、ここにいない人と語らうことの必要を思いださせてくれる、そういう存在。死者というのは、そういう存在です。

ここにいない人と話すこと。死者と語らうこと。黙って、語らうこと。黙って語らうというのは、いまここにいない人にむかって、問いかけるということです。答えをもとめるためではなく、答えをもとめても、もはや答えないのが死者なのですから、ここにいない人へ問いかけるのは、そうすることで、自分をはげます。自分がはげまされる、ということのためです。

そのように、時間のなかに、ふっと立ちどまって、ここにいない人に問いかけて、自分に確かめて、ここにいない人と、語らうことができて、はじめて見えてくるものがあります。それぞれの日々のなかに、ここにいない人と語らうことができる、そういう場所をつくる。つくってきた。自分のうちに、そういう場所をもつ、たもつ。ただそれだけとしか見えないことであっても、ただそれだけのことが、わたしは、大きく言えば、社会の文化というものの、人がそのなかで生きている文化というものの、およそ基幹をつくってきたのだと考えています。

ここにいない人と語らうことができる場所というのは、ここにいない人がそこにいると感じられる場所です。墓はそうです。お寺や神社にお参りするというのもそうです。お盆やお祭りといった行事もまたそうした場所をつくりだしてきたものですが、もっとずっと個人的に、たとえば、ここにいない人がそこにいると感じられるその場所にゆく、海を見にゆく、大きな木の許《もと》にゆく、遠くの見えるところにゆく、ある町にゆく。母校にゆく。あるいは、ある場所で、ある時間に、ある酒を飲む、あるものを食べる、また、ある音楽、ある歌を聴く。

そうやって、ここにいない人と語らうことができる場所というのは何なのかと言うなら、墓も、お寺も、神社も、祭りも、歳時も、あるいは、海岸も、山道も、大きな木も、町も、ある店も、ある酒も、ある絵も、ある歌も、それらは全部、「本」。それも、ほかに替えることのできない、とりかえがたい「一冊の本」だと思うのです。

「本」というのは、辞書を引くと、もと、大もと、物事のはじまり、もとづくところ、もとからあるもの、中心となるもの、仮のものでないもの、いま問題であるところのもの、本人の本、つまり自分自身、本草の本、つまり根のある植物、一本勝負の一本、つまり物事を決するもの、そういう意味を日常的にもっている言葉です。それが、「本」というもののイメージの、それこそ、もとになっています。

人というのは、生きている本だと思うのです。ですから、死んだ人間は、誰もが「一冊の本」をのこして死んでゆく。それが書かれた本であろうと、書かれなかった本であろうとにかかわらず、です。死者と語らうというのは、死者ののこしていったその本を、一人読むことだと思うのです。

これは、『幸いなるかな本を読む人』(毎日新聞社)という詩集におさめた、いまはいない人のことを書いた詩です。「檸檬をもっていた老人」という詩です。


読むことは歩くことである。

歩こう。空で、鳥の声がした。

街へでる。じぶんの街を、

死者と語らう

初めて歩く街のように歩くのだ。
新鮮な八百屋があった。魚屋があった。
花屋があった。菓子屋があった。
広告塔があった。ドラッグがあった。
唐物屋があった。本屋があった。
およそ遊星のなかで、地球が
いちばん愉快な所だ。鞠をかがる
青い糸や赤い糸のように、
地球をぐるぐる歩いてゆきたい。
二十三歳の青年は、そう思っていた。
何処へどう歩いたのだろう。
それから長い間、街を歩いていた。
信号が赤に変わった。立ちどまった。
京都、河原町三条の交叉点だった。
正午の舗道に、老人が一人立っていた。
いかつい横顔に、微笑を浮かべて。

だが信号が、青に変わったとき、
老人のすがたは、どこにもなかった。
幸福な感情がふっと消えたような気がした。
そのとき、気づいた。消えた老人は、
百四歳のモトジロウだった。夢という
宿痾を、終生、胸にじっと隠しもっていた
カジイモトジロウ。人は死ぬが、
よく生きた人のことばは、死なない。
歩くことは読むことである。
老人は掌に、檸檬を握っていた。
京都の丸善が店を閉じた年の話である。

梶井基次郎というのは、もちろんわたしがその本を読むずっと前に亡くなった作家ですが、いまでも京都に行ったら、必ず一度、朝、河原町三条の交叉点にゆくことが、長い習慣です。河原町三条の交叉点に別に何があるわけでもありません。ごくふつうの、京都の町の交叉点の一つにすぎません。それでも、その何でもない場所が自分にとっての特別の場所なのは、わたしにとっては、そこが「檸檬をもっていた老人」と出会った特別の場所だからです。

いまは、死者に聞くべきときです。どんなに平凡なことであっても本当は特別なことなんだということを、死んだ人たち、いまはいない人たちは、よくよく知っている人たちだからです。

そして、そのことを、生きている者ほど失念している者はいないからです。


（２００８年９月11日）

# 対話から生まれるもの

人と人が会って話す。時を共にして話す。対話というのは、しかし、人と人が話すことがすべてなのではありません。三月。春分の日が近づくと、春の気配が辺りにひろがってきます。見上げると、冬のあいだ葉のなかった木々の梢の先っぽがぽってり一つ一つふくらんできて、外を歩いていると、何かが語りかけてくる気がします。

季節の変わり目は、風景全体が声をもって語りかけてくるときです。空模様も、日差しも、鳥の声も、風向きも、草花も、声もつもののようにすぐそばに感じられ、その声に耳澄ましている自分に気づきます。とりわけ春が近づく日々は、風物や事物、一瞬の情景や一日の時間との無言の対話にいざなわれる季節です。

なによりもそうした対話をいざなうものは、野草、雑草です。雑草とは何か。雑草というのは自然なのだと、園芸研究家の柳宗民さんは、『柳宗民の雑草ノオト』(ちくま学芸文庫)という本に書いています。春にそここに咲く野草、雑草は、ホトケノザ、オオイヌノフグリ、レンゲソウ、タンポポ、スミレ、そしてムラサキサギゴケなど個性ゆたかなうつくしい花が多く、そのいずれも、春の柔らかい日差しと、春霞によく似合う。

つまり、いまのように人工的な環境にあってもなお、春には春の、夏には夏の、秋には秋の花が咲くというのが、野草、雑草であって、それが自然というものだろうと。

自然というのはその意味で、本質的に対話的な風景です。風景と生きとし生けるものとの対話の時間が、季節です。たとえば百人一首のような和歌はまさにそうだと思いますが、詩、歌というのはずっとそうした対話の記録、人と季節の対話の記録だったのでした。

柳宗民さんはすでに亡くなられましたが、そのような野草、雑草たちの世界にみられるようなゆたかな対話の時間の保ち方は、今日まで人と人とがつくってきたおどろくほど人ばっかりな社会のあり方のなかからは、いつかすっかり無くなってきてはいないか、不安に思うのです。

ゆたかな対話の時間をうまく保てなくなって、わたしたちの社会のいまは、コミュニケーションを求めながらコミュニケーションを得られないというような、広いようでいてとても狭いところに出てきています。

これは違う。わたしたちはこういうところに出てきたかったのではないはずだという思いがずっとあって、ここは、人ばっかりが中心のやり方にいまでも負けていない自然の野草、雑草にまなんで、対話の時間をとりもどすことは可能だろうかと考え、ほぼ三年にわたって、ジャンルの壁、世代の壁、国境の壁を超えて、十一人の人と連続して対談を重ねました。その対話の記録をまとめたのが『問う力――始まりのコミュニケーション』という本なのですが（みすず書房）、こうして時を共にして、座を共にして実感したのは、対話することの困難というより、対話することのよろこばしさというか、おもしろさでした。

二十五年旭川の旭山動物園で飼育係をつとめ、動物たちに対話をまなんだ絵本作家のあべ弘士さん、サッカー日本代表監督の岡田武史さん、ロックという対話的な世界を見つめつづけてきたブロードキャスターのピーター・バラカンさん、NHK「クローズアップ現代」の国谷裕子さん、ドラマ「私の名前はキム・サムスン」に主演した韓国の女優キム・ソナさん、映画監督の是枝裕和さん、落語は対話であるという噺家の桂歌丸さん、前のジュネーヴ軍縮会議大使の猪口邦子さん、話題を集めた韓国ドラマ「太王四神記」の演出家・プロデューサーのキム・ジョンハクさん、そして作家の瀬戸内寂聴さん、建築家の隈研吾さん。

いずれもその仕事がつねにすぐれて対話的本質をもっているように思える、そうした十一人との長い時間をかけた対話を通して知ったのは、対話をゆたかな時間にするものは、喋ること・話すことでなく、黙ることだということでした。片方が話すとき、片方は黙る。黙るというのは、対話においては、すなわち聴くということです。

対話の時間は、結論をだしたり、合意を求めたり、決着をつけたり、成果をあげるための時間とは違います。真意を探ったり、本音をぶっつけたり、腹を割ったり、胸襟を開いたりするための時間とも違います。

VS、ヴァーサス、対論、対決してなす論、争論、争い競う論、あるいは、ディベートのように、それぞれの「考え」を叩き売ることでもなく、また、うんちくをかたむけあう場でもなく、対話の時間というのは、そこでおたがいの言葉を手がかりに考える時間をもつこと、確かめながらゆっくりと考える時間を共にし、分け合う方法であるということでした。

対話の時間というのは、おなじ時代に向きあって、「考え」でなく、「考え方」をおたがい共有してゆくための時間と言っていいかもしれません。プロセスを重んじることなく、結論ばかり追うために、ともすれば言葉が詭弁に終始し、コミュニケーションの逼塞した言葉のあり方ばかりが多すぎるようなこの頃に、何が欠落しているのかと言えば、そうした「考え方」を共有してゆくための、プロセスとしての対話の時間ではないでしょうか。

対話には結論はありません。対話はプロセスがすべてです。プロセスをゆたかにできなくては。時は春。そのことを、プロセスがすべてである目の前の春の景色に、人はもっともっとまなばなければ。そう思います。


（２００９年３月20日）

# 五十年目のラヴレター

## 悼辞に代えて

こうして今日、ここにみなさんに来ていただき、妻は何も語りませんが、ただうれしそうに微笑んでいるように見えます。

三年前に卵巣がんだと判り、国立がんセンター中央病院での九時間半に及んだ手術、それからの二度にわたる長く辛い抗がん剤治療と、一喜一憂の日々を繰り返して、なおそれでも再発し、余命二カ月と言われたのがこの四月でした。けれども、酸素吸入をつづけながら、まだ一カ月あると思いをのこしていたにもかかわらず、この六月四日朝、にわかに胸水が肺にあふれでて、呼吸不全に陥り、救急車でかかりつけの病院に運ばれ、病院に到着してすぐに亡くなりました。

すでに覚悟はしていました。けれども、それは、不意打ちの、突然の死でした。ただ、最後の最後まで、死のほとんど五十分前まで、苦しみながらも、好きな花と猫のいる自宅で過ごし、じぶんがやるべきことは最後まで全部きちんとやりぬいての、思いがけない死でした。

最後の日々に、もう果物が食べられなくなり、本を読むのも辛くなってから、夜に一つずつ、梶井基次郎の「檸檬」など果物の物語を、ベッドのすぐそばで読んで聴かせると、よろこびました。妻は聴き上手でした。「いい物語ね」と言ったのは、芥川龍之介の「蜜柑」です。そばで看護していていちばんうれしいのは、病む人から賞められたとき。それで「夕暮れのうつくしい季節」という詩を書き、枕元で読んで聴いてもらいました。

土の匂い、草の匂い、
水の匂いが、さっと流れ込んできた。
すると、開け放たれた
汽車の窓から、
半身を乗りだした少女が、
腕を勢いよく、左右に振って、
蜜柑を、五つ六つほど、
暮れなずむ空に、投げ上げたのである。

暮色を帯びてひろがる風景と、
空に舞う、数個の蜜柑の、
暖かな日に染められた
鮮やかな色と。――
蜜柑は、空に舞って、
瞬く間もなく、後ろへ飛び去った。
起きたことは、ただ、それだけである。
が、不思議に朗らかな心もちが、
昂然と、湧き上がってきたのである。
そう書きしるしたのは、そのとき、
その汽車に乗っていた芥川龍之介だった。
そうして、疲労と倦怠と、切ないほど
不可解な、下等な、退屈な人生を、
私は、僅かに、忘れることができたのであると。
夕暮れのうつくしい季節がめぐってくると、
芥川龍之介の夕暮れのことばを思いだす。

ずっと、空を見上げていたくなる。
いつまでも、日が暮れるまで。
ほぼ百年前、汽車の窓から、
誰とも知られない少女が投げ上げた
鮮やかな色の蜜柑が、ばらばらと、
希望のように、心の上に落ちてくるまで。

これは、雑誌『住む。』の第三十号(季刊)に書いた詩で、Made in Poetry という『住む。』で連載している巻頭詩の三十回目の、いちばん新しい詩になりますが、そのうちの二十五番目までの詩をまとめた詩集が、『世界はうつくしいと』としてでたのが一カ月あまり前のことでした(みすず書房)。

その詩集がでたときと、妻の余命を告げられたときは、ほぼ一緒でした。本が家に届くと、妻はベッドでずっとその詩集を、幾日も読んでいました。わたしの詩のいつもいちばん初めの読者だったのが妻でした。そして、妻であるよりも先に、五十年前に初めて出会った早稲田大学独文の同級生であり(一九六三年卒)、最後までもっともよき友人でした。昨年晩秋、二人でベルリンへ行ったのが最後の旅になりました。

みなさんに今日来ていただけて、とてもよろこんでいると思います。妻は何ももう語れませんが、故人の沈黙をあたたかく持ち帰っていただけるなら、それ以上の慰めはありません。妻にはもう「さよなら」と言わなければなりませんが、故人が生きていたあいだの記憶を、こんなふうにして、みなさんと共にできたことに深く感謝します。長い間、本当にありがとうございました。

（故・長田瑞枝　一九四〇―二〇〇九　通夜にて）

# 猫と暮らす

猫と暮らしています。飼っているのでなく、一緒に暮らしています。わたしにとっての猫は、いわば物言わぬ哲学者のような存在であって、すぐれて耳澄ますことに秀でた、日々の対話の相手です。

人間のような言葉をもたない猫の言葉は、日々の習慣です。その猫の日々の在り方をつくっているのはその猫の日々の習慣だからです。食事の時間。散歩の時間。寝ている時間。猫といると、猫の日々の在り方をつくり、ささえている習慣というのが、一日の生き方、使い方、保ち方であるということを、ごく当然のこととして知るようになります。

その猫の習慣が、その猫の個性です。猫と暮らしていると、知らず知らずのうちに習慣の力というものをつよく意識するようになります。それぞれの生き方をつくりだすものはそれぞれの身に付いた習慣であり、習慣とよばれるそれぞれの日々の在り方であり、それぞれの自分の人生の時間の使い方であると。

けれども、人間はどうもそうではない。習慣の力というものを認めたがらない。認めたくないと、そう思っています。習慣は惰性だ、惰性はよくないと。事実、惰性を辞書で引くと、今までの習慣と出ていて、生活習慣病とか習慣に流されるとか、習慣というのは今は分の悪い言葉として語られることも多くなりました。

しかし、どうなのでしょうか。習慣を惰性としか考えなくなっているのは、実は習慣というものが身に付かなくなってしまった当世の人間の、それこそ惰性的な言い草にすぎないのではないでしょうか。習慣の生き物である猫と日々を共にしていると、つくづくそう実感されるのです。

習慣のいちばんの特質というのは、それが不文律であるということです。習慣というのは、明文化された定められたものではありません。コモンセンス、コモンロー同様、もっと漠然とした、なかなか言葉にできないようなあいまいなもの、あいまいだけれども、じぶんにはしかと感じられるじぶんをささえるもの、他の人と共有される或るもの、です。

日々の習慣をつくり、日々のありようを深くささえる、あいまいだけれども確かなものを指す、あいまいでいて確かなヴォキャブラリーを、日常の言葉はかつてたくさんもっていました。

コツだとか、カンだとか、しつけとか、機転とか、筋がいいとか、腕が立つとか、息をあわせるとか、胸におさめるとか、やせ我慢とか、暗黙の了解とか、ア・ウンの呼吸とか。分かってるという言葉は、わざわざ言わなくても分かっているという意味でした、

今はちがっています。わざわざ言わないと何も分からなくなった。今あげたようなヴォキャブラリーは、今はどうかすると逃げ口上としてしか使われないみたいになっています。今日多用されてゆきわたっているヴォキャブラリーは、ほとんどが説明のヴォキャブラリーに終始しています。それで分かるようになったかというと、むしろ逆にひどく分かりにくくなった。それはマニュアルなどに見るような文章の分かりにくさ、不明瞭さがいい例です。

今はどっちを向いても、ことごとく説明の時代ですが、見て感じて聴き入って考えて、うつくしいと言うのに、いったい説明や弁明が必要でしょうか。うつくしいと言うのにはうつくしいと言えればいい。それだけのことが、説明の時代である今日むしろ難しくなってはいないでしょうか。

けれども、言うことのできないおおくのものでできているのが、実は、人の人生という小さな時間なのだと思うのです。音のない音楽のように、手につかむことのできないもの。けれども、あざやかに感覚されるものを、説明しようとすれば、逆に「何か」としか言えないような大切な「何か」を、むしろ取り落としてしまうことになる。

猫という物言わぬ小さな哲学者と暮らす日々のなかで、「世界はうつくしいと」という詩に、わたし自身が書きしるしたこと。

うつくしいものの話をしよう。
いつからだろう。ふと気がつくと、
うつくしいということばを、ためらわず
口にすることを、誰もしなくなった。
そうしてわたしたちの会話は貧しくなった。
うつくしいものをうつくしいと言おう。
風の匂いはうつくしいと。渓谷の
石を伝わってゆく流れはうつくしいと。
午後の草に落ちている雲の影はうつくしいと。
遠くの低い山並みの静けさはうつくしいと。
きらめく川辺の光はうつくしいと。
おおきな樹のある街の通りはうつくしいと。
行き交いの、なにげない挨拶はうつくしいと。

花々があって、奥行きのある路地はうつくしいと。
雨の日の、家々の屋根の色はうつくしいと。
太い枝を空いっぱいにひろげる
晩秋の古寺の、大銀杏《おおいちょう》はうつくしいと。
冬がくるまえの、曇り日の、
南天の、小さな朱い実はうつくしいと。
コムラサキの、実のむらさきはうつくしいと。
過ぎてゆく季節はうつくしいと。
さらりと老いてゆく人の姿はうつくしいと。
一体、ニュースとよばれる日々の破片が、
わたしたちの歴史と言うようなものだろうか。
あざやかな毎日こそ、わたしたちの価値だ。
うつくしいものをうつくしいと言おう。
幼い猫とあそぶ一刻はうつくしいと。
シュロの枝を燃やして、灰にして、撒く。
何ひとつ永遠なんてなく、いつか

すべて塵にかえるのだから、世界はうつくしいと。

自分の時間を生きる存在、それも、本然的に、自分は自分の時間をよく生きようとする存在なんだということを思いさだめることができなくてはと、習慣のちからによってすべてを語る哲学者である猫は、ごくあたりまえのように日々に示しているように思えます。

見て感じて聴きいって考える。そうした心のはたらきのみなもとたるべき、日々の習慣のちから。

習慣というのは、ただの慣性なのでなく、生き物が生き物である素質でもあれば、能力でもあるということ。そのことをもっとずっと自分のうちに確かなものとして、自覚して不断にたもちたい。そう思うのです。

（２００９年８月20日）

# 蔵書のゆくえ

自分で、本屋で、自分の本と言える本を買いもとめるようになったのは、中学生のとき。昭和二十年代の終わりのころ、一九五〇年代の前半で、そのとき中学生の自分が買った本が、それからずっと、いまでも手元にのこっています。

年月をかさねるうちに、いつか覚えなく手元から失われてしまった本も多くなりましたが、いまも手元にのこっているのは、そのとき新しく岩波書店から新書版で出はじめた芥川龍之介全集十九巻と別巻一巻の二十冊。

開くと、その白い見開きのところに、「長田蔵書」という朱印が捺《お》されています。それは父がわたしのためにハンコ屋でつくってくれたもので、毎月一冊でるたびに一冊ずつ、中学生のわたしはその朱印を、手に入れた本に捺していっています。

その朱印もいつか失くしてしまったものの、芥川全集全冊にはそのときのままに朱印がのこっています。そのとき毎月買い求めて手に入れた芥川全集に「これは自分の本である」という朱印を捺してゆくことで、わたしは本と自分をつなぐ大事なもの、すなわち「蔵書」という概念をゆっくりと手に入れたのでした。

「読書」が本という文化の経験をかたちづくる全部ではありません。「読書」というのは本を読むことですが、本を読むこと、「読書」を可能にしてきたのが「蔵書」です。ずっと本という文化の底支えとなってきたのは「蔵書」でした。

社会的「蔵書」として社会の土壌をつくってきたのは、言うまでもなく図書館ですが、いま考えたいのは私的な蔵書のことです。私的に蔵書するというすぐれて個人的な経験が、いまはとても損なわれるものになっています。

芥川龍之介の死の年、昭和二年に芥川自身の遺した短い序を付して出た単行本に、『侏儒《しゅじゅ》の言葉』があります。わたしのもっている『侏儒の言葉』は昭和十五年にでた十版ですが(文藝春秋社出版部)、太平洋戦争前夜に出たこの本には、最初にこの本を買い求めた人のうつくしい蔵書印が捺されています。

この本は、芥川の本自体の魅力的な本のつくりと同時に、このいまなお鮮やかな朱印に惹かれて、古本で求めたのでした。こんなふうに、「これは自分の本である」という確認を通して、本を「自分の人生」の煉瓦にする、本に蔵書印を捺す日々の文化があった。

蔵書印というのは日本の本の文化の古くからの伝統とされますが、手ずから朱印の蔵書印を捺すというのは、明治以降になってのもので、明治以前は墨色だったのだそうです。

それと、もう一つ、蔵書印とはちがう蔵書の印をもつ本があります。読み手自身に大きな意味をもっただろう、私的な蔵書の個人的な経験が、「そのとき」の日付を記して、目印のように一冊の本のなかに遺されているような本です。

たとえば、『四十年の収穫』という翻訳本。その本が出たのは、今日の本には見られない、しゃれた独特の奥付によれば、昭和十六年(一九四一年)十一月十五日でした(青木書店)。それから三週間ほど後の十二月八日、いきなり太平洋戦争がはじまります。最初にこの本を買い求めた人は、この本を買った日付と場所を、本の末尾に万年筆で書き入れています。真珠湾攻撃で戦端が開かれてから八日後。「昭和十六年十二月十六日　日本橋丸善」

一九四〇年フランスを占領したドイツ軍の捕虜収容所に送られて、強制的に労働に従わされたフランスの歴史家が「一捕虜の日記」として書いた、その『四十年の収穫』という本を充たしているものは、ただただ戦争の愚かさ、空しさ、徒労感、疲労感です。著者のブノアメシャンは、戦後には『砂漠の豹イブン・サウド』『灰色の狼ムスタファ・ケマル』という中東の二人の巨人の鮮やかな伝記が、日本でもひろく読まれました。

そういう歴史家の書いた同時代の「一捕虜の日記」が、いま戦争が始められたまさにそのときに、その本を手に入れた無名の読者によって、蔵書の印が捺されてのこり、そしてそれはこの国の敗戦に終わった後の時代にまで損なわれることなくのこって、日本橋丸善でこの本が求められてから六十八年後のいまも、損なわれることなく、ここにあるということ。

「蔵書」が語るのは、その本がもたらす記憶、もたらした記憶です。

その本がそのときそこにあったということを伝えるのが「蔵書」です。「蔵書」というのは、ちょうど煉瓦を一つ一つ自分で運んで、積んで、本がもたらす記憶を容れる家を自力でつくってゆくような、自分にとっての日常をつくってゆく、手仕事の一つでした。そのような「蔵書」力が落ちている。そのために記憶する力、伝える力もまた、ネットに頼るばかりで、きれいに落ちている。そのことがいまの本当の問題ではないだろうかと、わたしは考えています。

（２００９年12月16日）

# 叙景の詩

どんなときも、人は風景のなかに生きています。風景のない人生というのはありません。風景を生きること、自分がそのなかに在る風景を生きることが、すなわち人生というものなのだといってもいいのかもしれません。

にもかかわらず、日々を共にする目の前の風景ほど、人がもっとも見ない、見ていない風景もまたありません。たがいの人間関係がすべてであるような毎日を前にすると、風景はそうした毎日の背景のようでしかなくなりがちですが、違います。後になって振りかえってみると、心に鮮明にのこっているのは、ずっと日々の背景にすぎなかったはずの日々の風景であることに気づきます。

古来、人の人生を語るに、その人の生きた風景をもって語ってきたのは、叙景の詩のことばでした。叙景というのは、風景を叙する、風景を詩に、ことばに書き表すことです。どんなことばにもまして、人の日々の在り方をささえることばとしてもとめられてきたのは、どんな時代にも、風景をことばにするという叙景の詩のことばでした。

叙景のことばが、どれほど人の心につよく働きかけることばであるか。たとえば、唱歌としていまもひろく親しまれる歌の慕わしさは、すなわちその歌がよびさます風景の慕わしさ、その叙景のことばの魅惑です。故郷と書くふるさとという唱歌。紅葉と書くもみじという歌。あるいは、夕焼小焼。赤とんぼ。おぼろ月夜。浜辺の歌。この道。七つの子。歌を知っている人はタイトルを聴くだけで、その歌が自分のなかに呼び覚ます風景を思い起こします。

その歌にうたわれている風景を思いだすのではなく、それぞれがそれぞれに思いだすのは、自分がその歌の向こうに見いだしてきた、自分をささえるものとしての風景です。たとえどれほど感傷的抒情的に感じられても、そうした歌の柱であるものは感傷や抒情ではなく、叙景です。何であるよりもまず、風景なしにはない風景の歌。

民謡、俗歌、はやり歌、あるいは俳句や短歌、また詩や漢詩。何であろうと、心にとどまる何かがそこにあると感じられる。そのようなことばに出会ったと感じるようなときに、そこにあるのは叙景の詩、叙景のことばではないでしょうか。人があることばに引き寄せられるのは、そのことばによって自分の風景、自分の人生の風景、それによって自分がささえられているという思いを手わたされる風景を発見することによって、だからです。

昭和の戦争の時代のことですが、その時代を生きた人から、つらいときにはよく夕焼小焼という歌を口ずさんだということを聞いたことがあります。夕焼小焼のような歌が戦争をふせぐことなどできない。けれどもそれが、戦争の時代に生きた誰かを個人的にささえる歌でありえたとすれば、それはきっとその歌のなかに、その人がそのなかで生きたいと思う、そういう風景への誘いがあったのです。それが叙景の詩のちからです。

戦争の時代というのは観念が暴力としてまかり通る時代ですが、いつの世であれ、観念の暴力に負かされない領域を人の心のうちにまもってきたのは、叙景の詩のことばだった。そう思うのです。人間が人間をこの世界の主人公と考えるときに、決まって生まれるのは観念の暴力ですが、そもそも人間というのは、この世界の主人公であるのでしょうか。

『世界はうつくしいと』という詩集(みすず書房)に収めた、「大丈夫、とスピノザは言う」という詩に、わたしはこう書きました。

　　三つの、川と、
　　四囲をかこむ、丘と、
　　白煙がうすくながれる

活火山の、裾野の町で、
風景の子どもとして、
いつも空を見上げる人間に、
わたしは、育った。
朝、正午、日の暮れ、
一人で、黙って、空を見上げる。
——何が、見えるの?
——何も、見えない。
ちがう。空を見上げると、
とてもきれいな、ひろがりが見える。
いや、見えるのではない。感じる。
スピノザについての小さな本を、
午後中、ずっと、読んでいた。
世界が存在するのは誰のためでもない
と、スピノザは言う。
大事なのは、空の下に在るという

ひらかれた感覚なのでないか。
空の下に在る
小さな存在として、
いま、ここに在る、ということ。
真夜中は、窓から、空を見上げる。
夜空は人の感情を無垢なものにする。
雲のない夜は、星を数える。
雨の夜は、無くしたものを数える。
大丈夫、とスピノザは言う。
失うものは何もない。
守るものなどはじめから何もない。

叙景の詩にあっては、人はこの世界の主人公ではありません。つねに風景よりずっと小さな存在、つつましさを知る存在です。いまはどうでしょうか。人はいま風景の子どもとしての自分を見失って、自分の風景そのものを失った、風景のない存在のようになってしまってはいないでしょうか。

風景のない時代。人が叙景の詩を自分のうちに持っていない時代。それは、いまの時代のように、人がけっして寛ぐことのできないでいる時代のことです。だから、人の在り方を自由にする新しい叙景の詩を、自分のうちにつねに育ててゆくことができなくてはいけない。それがはじまりです。

（２０１０年４月12日）

# うつくしい本の必要

一冊の本をつくりました。ことばと絵を一冊に結び合わせた本です。『詩ふたつ』(クレヨンハウス)というそっけない名の、この一冊の本に託したのは、この一冊の本によって、うつくしい本のありようというものをあらためてたずねたいという思いでした。

一冊の本は、書かれたことばがそのなかにあるというだけのものなのではありません。本は器であって、本の世界をつねにかたちづくってきたのは、ことばになった思いとことばにならなかった思いとを共に、どのように一冊の本という器におさめることができるかということです。

最初にあったのは、書名通りのふたつの詩篇でした。ふたつの詩篇は、そもそもうここにいない逝った人への、いまなおここにある一人からの、無言の挨拶の詩として書かれたものです。このふたつの詩を書きすすめるあいだ、ずっと心にあったのは、グスタフ・クリムトの樹木と花々の絵でした。

世紀末ウィーンの画家クリムトは、思いがけない数の樹木と花々の絵を遺しました。それらの樹木と花々の絵のほとんどは、これまで知られることが少ないままでしたが、わたしはつねにその樹木と花々の絵につよく惹かれてきました。というより、クリムトの樹木と花々の絵そのものが、『詩ふたつ』の「花を持って、会いにゆく」と「人生は森のなかの一日」という、ふたつの詩のモチーフとなったものだったのでした。

樹木と花々で埋め尽くされたクリムトの絵。そこに残されている巡り来る季節の風景の姿に静かにかき入れられた死と再生の画家の祈り。詩と絵の間にはざっと百年の隔たりがありますが、その隔たりをはさんで、詩と絵が一冊の本のなかでフーガのように応答しあうそのような本は可能だろうかというところから、本をつくる時間がはじまりました。

スタートラインとなったのは、一連三行ずつのふたつの詩です。この相呼応するふたつの詩だけで一冊の本にする。本をつくることは塑造《そぞう》するという行為におなじです。

最初にしたのは具体的に何ページの本にするかということでした。紙の本の出発点はページです。全体のページ数によってその本のかたちは決まります。紙の本はどんな本も偶数ページだけからなる世界。偶数の世界が、紙の本の世界です。奇数ページの本はありません。一枚で二ページというのが紙の本だからです。何度も原稿を読み込んだ編集者から四十八ページにしてはという提案があり、いろいろ組み合わせて見開きを単位にして考えることにしました。どのことばとどの絵が呼び交わすか。ゆっくり確かめながら試行を繰りかえし、おおよそ決まったところで、詩と絵のコピーで、手製の本のダミーをこしらえてもらい、それを基に、さらに仕事をすすめてゆくなかで、箱入りの本にすることになりました。

本は、大きな本よりちいさな本をつくるほうが、ずっと難しいかもしれません。この本のそもそもは、うつくしい本のありようをたずねるというのが出発でしたが、うつくしい本というのは、贅を凝らした本をいうのではありません。うつくしい本というのは、わたしの考えでは、幸福な本ということです。

「幸福な」というのはオスカー・ワイルドの『幸福な王子』にいう「幸福な」という意味です。ワイルドの『幸福な王子』は、死んで鉛の心臓を持つ銅像にされてはじめて、giving、分け与えるということを通してしか、本当の幸福を得られないことに気づきます。『詩ふたつ』という一冊の詩集の成り立ちを通して、あらためて思いだしたかったのは、そのような giving book であるようなうつくしい本、幸福な本という本のあり方です。

詩集や絵本や寓話のような本は、その本のかたち、あり方を通して、ずっと昔からそうした giving book であるような本としてのうつくしい本、幸福な本というあり方を伝えてきました。

ワイルドの王子の使いとなって、王子の願いを果たして、厳寒の街でみずからもバタリと死ぬことになる、冬のツバメは言います。「奇妙ですねえ。いまとてもあたたかい気持ちがするんですよ。気候はとても寒いのに」。こういう気持ちをのこすことのできる、そのような幸福な本であること。

ことばって、何だと思う?
けっしてことばにできない思いが、
ここにあると指さすのが、ことばだ。

紙の本が長い時間をかけてつくってきたものは、いわば精神の容器としての本だったということを考えます。『詩ふたつ』という本においてなによりも手にしたかったのは、物ならざることばに確かな感触をあたえられるような、今日ともすれば忘れられがちな、物としての本のあり方でした。

(2010年6月30日)

# 文化とは習慣である

平安時代の宮廷を舞台とする恋愛物語を読んでいたら、心のやりとりというのは全部歌をとどける、そのお返しをする、気に染まなかったら歌なしで何も記さず、山吹の薄葉に、カワラナデシコの花一輪だけ、使いにもたせてやる。そんなやりとりの繰り返しがそのまま物語になってゆきます。そういう心のやりとりをする習慣が、その時代の文化でした。そういう習慣をささえたものは何だったかと言えば、歌を詠み、歌を送る、返すという確かなリテラシー、読み書き能力です。

文化が習慣になるのに決定的な力となってきたものが、リテラシー、読み書き能力の確かさでした。心のやりとりの道具が、郵便、手書きの手紙、ワープロの手紙、電話、携帯電話、FAX、パソコンのメール、携帯メール、多々さまざまになったままの、いまはどうでしょうか。

そうした道具、機器は、時代のリテラシー、読み書き能力をどれだけ確かにするものとなっているかということを考えるのです。

いま、実に多様なコミュニケーションの道具、ツールをわたしたちにもたらしてきたもの、もたらしているものは、技術であり、たゆみない技術の革新から、たゆみない道具の変化がもたらされ、それがたゆみなく新しい状況を次から次にもたらしているのにもかかわらず、それらのきわめてすばやい技術の展開によってひろくもたらされてきたのは、習熟の欠如です。技術を習熟するということがなくなった、あるいは習熟することが必要とされなくなった。

経験知というもの、経験して知るということが大切なことでなくなった。できるかできないかは、それは道具の能力の問題であって、もうそれぞれの人の能力の問題ではなくなっています。そう言ってよければ、人の能力を問う必要がなくなった。そういうふうになってきています。技術というものはそういうものであり、そのことによってわたしたちがどれほど多くの便益を得てきたかは言うまでもないことなのですが、一つだけどうしてもまずいことがのこったままになった。それはリテラシー、読み書き能力の無表情化、無個性化、平均化、そしてその結果としての無力化です。

携帯電話やFAXやパソコンのメールや携帯メールが、言い回しやヴォキャブラリーをゆたかにするのでなく、逆に、ニュアンスや表情をどれほど貧しくしてきたか、ということを考えます。笑うは爆笑で、破顔一笑も呵呵《かか》大笑もない。わかったは了解で、合点も承知もない。頃合や時分を計るということもなく、なにより間や間合をとることが、人と人のあいだに、いつかなくなりました。メールなどで、すぐにあからさまな表情をもつ絵文字にたよるようになったのも、いまわたしたちのもつ言葉がそれだけ表情をなくした言葉になっている、その渇きのせいなのかもしれません。

技術革新というものの命題は、時間を短縮するということです。ところが、リテラシー、読み書き能力というものは習得によって、習熟によって、ながく時間をかけてしか得られない、そういうきわめて日常的な性質をもっています。日々の習慣となってはじめて得られる、そういうリテラシー、読み書き能力によって人が手に入れるのは経験と判断です。その経験と判断は、失敗や後悔のような苦い経験や間違いからみちびかれることも少なくありません。

そういうリテラシー、読み書き能力のありようについて、わたしは「ことばのダシのとりかた」という詩を書いたことがあります(詩集『食卓一期一会』晶文社)。

かつおぶしじゃない。
まず言葉をえらぶ。
太くてよく乾いた言葉をえらぶ。

はじめに言葉の表面の
カビをたわしでさっぱりと落とす。
血合いの黒い部分から、
言葉を正しく削ってゆく。
言葉が透きとおってくるまで削る。
つぎに意味をえらぶ。
厚みのある意味をえらぶ。
鍋に水を入れて強火にかけて、
意味をゆっくりと沈める。
意味を浮きあがらせないようにして
沸騰寸前サッと掬いとる。
それから削った言葉を入れる。
言葉が鍋のなかで踊りだし、
言葉のアクがぶくぶく浮いてきたら
掬ってすくって捨てる。
鍋が言葉もろともワッと沸きあがってきたら

火を止めて、あとは
黙って言葉を漉しとるのだ。
言葉の澄んだ奥行きだけがのこるだろう。
それが言葉の一番ダシだ。
言葉の本当の味だ。
だが、まちがえてはいけない。
他人の言葉はダシにはつかえない。
いつでも自分の言葉をつかわねばならない。

そうした「言葉のダシのよく効いた」日々のリテラシー、読み書き能力が、わたしは、人それぞれにとっての文化というものだろうと考えています。効率と便益を生みだすものが技術だとすれば、文化というのはずっと非効率で、そうすることがいいと思うからそうするといったくらいの便益しかもたらさない。けれども、人の生き方の姿勢をつくるものはそうした日々の習慣としての文化だろうと思っています。習慣をつくりだすのが文化です。

次から次へ新しい便益の高いものが世に出て、すぐまた消えてゆきます。そうした新しい便益の高いものに次々に手をだしながら、しかし、ふりかえって、その賑やかさのなかに、何かが決定的に欠けているという感覚がのこる、ということを、もうずっと繰り返しているような感じがします。けれども、どこか「言葉の本当の味」が感じられないというような日々がまだまだつづくような気もします。

（2010年11月5日）

# 詩五篇

## 人はじぶんの名を

二〇一一年三月一一日午後、突然、太平洋岸、東北日本を襲った大地震が引き起こした激越な大津波は、海辺の人びとの日々のありようをいっぺんにばらばらにした。

そうして、一度にすべてが失われた時間のなかに、にわかにおどろくべき数の死者たちを置き去りにし、信じがたい数の行方不明の人たちを、思い出も何もなくなった幻の風景のなかに打っちゃったきりにした。

　昨日は一万一一一人。今日は一万一〇一九人。まだ見つからない人の数だ。それでも毎日、瓦礫の下から見いだされた行方不明の人たちが、一日に百人近く、じぶんの名を取りもどして、やっと一人の人としての死を死んでゆく。

　ようやく見いだされた、ずっと不明だった人たちは、悔しさのあまりに、誰もが両の手を堅い拳にして、ぎゅっと握りしめていた。

　人はみずからその名を生きる存在なのである。じぶんの名を取りもどすことができないかぎり、人は死ぬことができないのだ。大津波が奪い去った海辺の町々の、行方不明の人たちの数を刻む、毎朝の新聞の数字は、ただ黙って、そう語りつづけるだろう。昨日は一万一〇一九人。今日は一万八〇八人。


（二〇一一年五月三日朝に記す、詩集『詩の樹の下で』みすず書房）

# イツカ、向コウデ

人生は長いと、ずっと思っていた。
間違っていた。おどろくほど短かった。
きみは、そのことに気づいていたか？

なせばなると、ずっと思っていた。
間違っていた。なしとげたものなんかない。
きみは、そのことに気づいていたか？

わかってくれるはずと、思っていた。
間違っていた。誰も何もわかってくれない。
きみは、そのことに気づいていたか？

ほんとうは、新しい定義が必要だったのだ。
生きること、楽しむこと、そして歳をとることの。
きみは、そのことに気づいていたか？

まっすぐに生きるべきだと、思っていた。
間違っていた。ひとは曲がった木のように生きる。
きみは、そのことに気づいていたか？

サヨウナラ、友ヨ、イツカ、向コウデ会オウ。
（詩集『死者の贈り物』みすず書房）

魂は

悲しみは、言葉をうつくしくしない。
悲しいときは、黙って、悲しむ。

言葉にならないものが、いつも胸にある。
歎きが言葉に意味をもたらすことはない。
純粋さは言葉を信じがたいものにする。
激情はけっして言葉を正しくしない。
恨みつらみは言葉をだめにしてしまう。
ひとが誤まるのは、いつでも言葉を
過信してだ。きれいな言葉は嘘をつく。
この世を醜くするのは、不実な言葉だ。
誰でも、何でもいうことができる。だから、
何をいいうるか、ではない。
何をいいえないか、だ。
銘記する。——
言葉はただそれだけだと思う。
言葉にできない感情は、じっと抱いてゆく、
魂を温めるように。
その姿勢のままに、言葉をたもつ。

じぶんのうちに、じぶんの体温のように。
一人の魂はどんな言葉でつくられているか？
（詩集『一日の終わりの詩集』みすず書房）

ねむりのもりのはなし

いまはむかし　あるところに
あべこべの　くにがあったんだ
はれたひは　どしゃぶりで
あめのひは　からりとはれていた

そらには　きのねっこ
つちのなかに　ほし
とおくは　とってもちかくって

ちかくが　とってもとおかった

うつくしいものが　みにくい
みにくいものが　うつくしい
わらうときには　おこるんだ
おこるときには　わらうんだ

みるときは　めをつぶる
めをあけても　なにもみえない
あたまは　じめんにくっつけて
あしで　かんがえなくちゃいけない

きのない　もりでは
はねをなくした　てんしを
てんしをなくした　はねが
さがしていた

はなが　さけんでいた
ひとは　だまっていた
ことばに　いみがなかった
いみには　ことばがなかった

つよいのは　もろい
もろいのが　つよい
ただしいは　まちがっていて
まちがいが　ただしかった

うそが　ほんとのことで
ほんとのことが　うそだった
あべこべの　くにがあったんだ
いまはむかし　あるところに

（『長田弘詩集』ハルキ文庫）

## カシコイモノヨ、教えてください

——冒険とは、
一日一日と、日を静かに過ごすことだ。
誰かがそう言ったのだ。
プラハのカフカだったと思う。
人はそれぞれの場所にいて、
それぞれに、世に知られない
一人の冒険家のように生きねばならないと。
けれども、一日一日が冒険なら、
人の一生の、途方もない冒険には、
いったいどれだけ、じぶんを支えられる
ことばがあれば、足りるだろう?
夜、覆刻ギュツラフ訳聖書を開き、

ヨアンネスノ　タヨリ　ヨロコビを読む。
北ドイツ生まれの、宣教の人ギュツラフが、
日本人の、三人の遭難漂流民の助けを借りて、
遠くシンガポールで、うつくしい木版で刷った
いちばん古い、日本語で書かれた聖書。
ハジマリニ　カシコイモノゴザル
コノカシコイモノ　ゴクラクトモニゴザル。
コノカシコイモノワゴクラク。
コノカシコイモノとは、ことばだ。
ゴクラクが、神だ。福音がわたしたちに
もたらすものは、タヨリ　ヨロコビである。
今日、ひつようなのは、一日一日の、
静かな冒険のためのことば、祈ることばだ。
ヒトノナカニ　イノチアル、
コノイノチワ　ニンゲンノヒカリ。
コノヒカリワ　クラサノナカニカガヤク。

だから、カシコイモノヨ、教えて下さい。
どうやって祈るかを、ゴクラクをもたないものに。

（詩集『世界はうつくしいと』みすず書房）

（2011年5月20日）

# 一日を見つめる

朝が明ける。午前がくる。正午になって、昼下がりになり、夕方がやってきて、日が暮れて、夜がきて、真夜中になって、一日が過ぎてゆく。

そのように過ぎてゆく毎日の一日というのは、どんな一日なのでしょうか。何の変哲もない、平凡で、退屈な一日でしょうか。

ながいあいだ、わたしたちは一日というものを、おおきく連続した時間としてとらえるというより、むしろ多様に分割した時間を組み合わせたもののように受け入れるということをしてきて、そうした一日のつくり方というものを変に思わず、かえって分刻みというような言い方で忙しい時間を生きることをよしとしてきたように思います。

けれども、本当にそうなのだろうか、そういう一日のつくり方、時間の使い方というのは違っているのではないか。そうではなく、朝が明けて、陽が高くなって、やがて日が暮れてというふうにだんだんと変わってゆく何でもない一日が、平凡過ぎて退屈なだけの一日どころか、本当はとんでもなく大切な一日であり、ありふれた奇跡と言っていいような、かけがえのない一日であるということ。そのことを、いまさらながらはっきり思い知らされたのは、今年の東日本大震災と、それからの日々だったと思うのです。

一日という時間の見つめ方、まなざしの向け方ということから考えると、わたしたちは遠くを見やる、見はるかす、見通す、見わたすというような、心を遠くに放つという習慣をどこかで失って、もうずいぶんになるような気がします。

たとえばこの一カ月のあいだに三連休の日が三度もつづくということがありました。消費をふやすために休日を移動できるようにして連休をふやすというもくろみで出来た法律のせいで、もとが何の祝日の休日かもわかりにくくなり、行楽もまた一日をゆっくり過ごすためのものでなくなりました。かつて日本の休日の文化を生んだ逗留、滞在という時間のつくり方が失われ、遠出して行き来して時間を消費することが行楽になった。

消費は時間を刹那的に、細分化します。そのために、時間をゆっくりと使うことは、ずっと斥けられるままになってきました。そのことが、日常というものをどれほど見わたしのわるい、窮屈なものにしてきたか、そしてそのぶん、言葉というものもまたどれほど見わたしのわるい、窮屈なものになってきてしまったかということを考えます。

そういう時間の使い方をすることで実際には何が失われてきていたかということを、大震災、大津波、原発事故によって砕かれた日々の時間は、あらためて問いただしているかのように思われます。何が失われていたか。

窓外の眺め。屋上の眺め。樹の上の眺め。原っぱの眺め。橋の上の眺め。屋根の上の眺め。石段の上の眺め。物干し台の眺め。人の日々の暮らしをつくってきたのは、そうした眺めでした。眺めというのは、時間を分割せずに眺めること、連続する時間のなかでだんだんに変化してゆく風景を眺めることです。

眺めをとりもどしたいという思いを込めて、絵本作家の荒井良二さんと、一冊の絵本をつくりました（『空の絵本』講談社）。青い空と白い雲の表紙をめくると、ぽつん、一滴の雨粒にはじまる「眺め」の絵本、一日の絵本です。

あっ、雨。だん、だだん、だんだん、雨はつよくなり、
だんだん、青いいろが、灰いろになり、だんだん、みどりいろが、灰いろになり、ふきぶり、よこなぐり、だんだん、つよくなってきて、だんだん、だんだんだん、だ

だだ、だーん、だだだだだ、だーん、運命、みたいに、たたきつけ、葉のいろが、ながれていって、風のいろが、うずまいて、だーんだーん、いつしか、遠くなって、しずかになって、あ、やんだ、だんだん、あかるくなってきて、……

そんなふうに、だんだん変わっていって、だんだんに過ぎてゆく、一日の空の時間。大人とちがって、子どもは、あたかも一日を人生そのものであるかのように生きます。いま求められているのは、そのように一日を見やり、見つめることではないのだろうかと、そう思っています。もっともあたりまえの時間がもっとも新鮮な時間でなければならないのだということを考えます。

（２０１１年11月1日）

# 海を見にゆく

「海を見にゆく」ということは、古来わたしたちの感受性を深く培ってきました。海辺に立って、浜辺に座って、ただ海を見る。遠くを見つめる。あるいは、朝まだき、日の出を見にゆく。夕方、海に落ちてゆく夕日を眺めにゆく。

島国であることは、四囲は海であるということ、海辺、浜辺に隈どられているということです。海辺、浜辺は独特の遠近法をもつ、「あいだ」です。海山のあいだ。空と海のあいだ。「あいだ」の場所というのは、塀のようにこっちとそっちを隔絶するというものでなく、潮が満ちれば海、潮が引けば陸という、あいまいな領域です。海辺、浜辺の「べ」「辺」というのはそのへん、その辺り、でもあって、境目であって緩衝帯でもある、そういう場所です。

ですから、それは生と死の境目でもあると感じられる場所でもありました。彼方を望む場所、苦海浄土、苦海という果てのない先に浄土を見る、そういう「あいだ」であり、「あたり」です。万葉集のむかしのころからずっと、海を見ること、寄せては返す白波を見つめることは、この世のさまに思いを致すことでした。

明治の終わりのころ、木下杢太郎は、午後の海辺に出て、「文色《あいろ》も分らなくなるまで海の面を眺め」つづけ、「成程人の世はかく変るが、然し二十年三十年、否、否更にその前にも或はわかき人のまた今の予の如く、はかなき幻像と悲しい感情とを抱いて、かく海の前に立ち尽したものがあるかも知れぬ」と書きつけています（「石竹花」竝序、『木下杢太郎詩集』岩波文庫）。

夕暮がたの浜へ出て
二上り節を唄へば
昔もかく人のうたひ候《さふらふ》と
（………）
さても昔も今にかはらぬ
人の心のつらさ、懐しさ、悲しさ。
　磯の石垣に
うす紅《くれない》の石竹の花が咲いた。

かく海の前に立ち尽くすこと。
宮沢賢治もまた、「オホーツク挽歌」という詩に、喪った妹とし子への思いを、樺太の海岸のうつくしい光景にかさねて刻んでいます(『宮沢賢治全集1』ちくま文庫)。

わたくしが樺太のひとのいない海岸を
ひとり歩いたり疲れて睡つたりしてゐるとき
とし子はあの青いところのはてにゐて
なにをしてゐるのかわからない
とゞ松やえぞ松の荒さんだ幹や枝が
ごちやごちや漂ひ置かれたその向ふで
波はなんべんも巻いてゐる
その巻くために砂が湧き
潮水はさびしく濁つてゐる
(………)
海がこんなに青いのに

わたくしがまだとし子のことを考へてゐると
なぜおまへはそんなにひとりばかりの妹を
悼んでゐるかと遠いひとびとの表情が言ひ
またわたくしのなかでいふ

かく海の前に立ち尽くすこと。そのことの大切さを考えます。けれども、ただそれだけのことが、いまはいつのまにか難しくなってきています。

「昔も今にかはらぬ人の心のつらさ、懐かしさ、悲しさ」を見つめることができるように、海を見にゆく。「あの青いところのはてにゐて　なにをしてゐるのかわからない」亡くなった人に無言の悼みをささげようとして、海を見にゆく。いや、なんのためでもなく、ただ海を見にゆく。それだけでいいのだと、わたしは「海を見に」という詩に書いたことがあります。

海を見にゆく。ときどきその言葉に内がわからふっと
つかまえられて、よく海を見にいった。
どこでもいいのだ。目のまえに、海が見えればそれで

よかった。何もしない。じぶんが身一点に感じられてくるまで、そのまま、ずっと、海を見ている。

水平線がぐらりと沈んでゆくように見える日もあれば、空が水平線を引っぱりあげているように思える日もある。夕暮れの海にはいつでも、どこでも子どもたちがいた。遊んでいる。喚声をあげて走りまわっているのだが、声は聴こえない。犬は波が好きだ。

海をまえにするとき、言葉は不要だと思う。

わたしはただ海を見にいったのだ。海ではなかった。好きだったのは、海を見にゆくという、じぶんのためだけの行為だ。

海を見にゆく。それはわたしには、秘密の言葉のように親しい言葉であり、秘密の行為のように親しい行為だった。何をしにゆくわけでもなく、ただ海を見にゆくということにすぎなかったが、海からの帰りには、人生にはどんな形容詞もいらないというごく平凡な真実が、靴のなかにのこる砂粒のように、胸にのこった。
一人の日々を深くするものがあるなら、それは、どれだけ少ない言葉でやってゆけるかで、どれだけ多くの言葉ではない。

（詩集『記憶のつくり方』朝日文庫）

海辺というのは、たぶん、わたしたちの日々にのこされているもっとも古い世界です。海辺が、浜辺が、訪れるものにいつのときも語ってきたのは、地球というものを原初からずっとささえてきて、いまもささえているもの、地球を地球たらしめている調和というもの、そういうものを思いださせる秘密ではないでしょうか。その古くからの秘密こそ、ずっとむかしから今にいたるまで、「海を見にゆく」ということが、わたしたちの心を誘ってやまないものなのだろうと思うのです。

「人事を尽くして天命を待つ」という言葉を思いだします。「人事」というのは、辞書を引くと「人間にできる範囲のこと」というのが本来の定義です（『岩波新漢語辞典』）。
しかし、どうか。人事を尽くすということが、いつのまにか「人間にできる範囲を超えて出来るようにすること」のように考えられてしまってきたところに、いまやさまざまな問題が起きてきているのだと思えます。
けれども、人の芯となるものは、いつだろうと「人間にできる範囲のこと」をきちんとやってきたか、やっているかという不断の自問です。自問こそじぶんを開いてゆくものと考えたい。人にできることはそれ以上ではないのだと、海を見にゆき、海を前にすると、いつもそう思います。

（2012年7月16日）

# あとがき

唯ぼんやりした不安——そう書きのこして芥川龍之介が自ら亡くなったのは、関東大震災から四年後の夏。見えない将来に対する不安を刻したその言葉は、そののちこの国に事あるたびに想起される言葉となりますが、そのとき作家が遺書にのこした、いま自分に見えるものについてのもう一つの切実な言葉は、後世に閑却されてきました。

唯自然は僕にはいつもよりも一層美しい。——遺書のおしまいに芥川はそう記し、けれども、と書き添えています。自然の美しいのは、僕の末期《まつご》の目に映るからである。僕は他人よりも見、愛し、且又《かつまた》理解した。それだけは苦しみを重ねた中にも多少僕には満足である、と。

末期の目に見えるものとは、ふだん誰の目にも見えていないもの。より正確に言えば、誰にも見えているが、誰も見ていないもののことです。それは自然のうつくしさだと、死に臨んでふりかえって、芥川は書きのこしました。しかし、作家の死後、これまで百年近くもずっと、この国で忘れられ、粗末にしかあつかわれてこなかったのは、その自然のうつくしさの、文字通りの有り難さです。

自然が日々につくりだすのは、なつかしい時間です。なつかしい時間とは、日々に親しい時間、日常というものを成り立たせ、ささえる時間のことです。『なつかしい時間』は、この国で大切にされてこなかった、しかし未来にむかってけっして失われていってはいけない、誰にも見えているが、誰も見ていない、感受性の問題をめぐるものです。

『なつかしい時間』は、NHKテレビ「視点・論点」で、十七年にわたって四十八回、一人の詩人の目を通して語った(放映のために書いた)元原稿に、それぞれの章末に放映日付を時系列に付し、いつ、どういうことを話したか、初めてまとめた全篇に、おなじ時期に話した別の三篇をくわえたものです。奇しくも本書は、二十世紀の終わりから二十一世紀へ、そして3・11へという時代の潮目に立ち会いつつの書になりました。

「視点・論点」のこれまでのディレクターの方々に、舘野茂樹さんに、そして、この本をこのようなかたちにしていただいた岩波書店新書編集部の坂本純子さんに、心より感謝します。のぞめるなら、バッハの平均律クラヴィーア曲集の四十八曲のように、いくども繰りかえされる主題を心に置きつつ読んでいただければ。

（二〇一三年大寒）

長田 弘

1939年福島市生まれ．2015年死去．

1963年早稲田大学第一文学部卒．

詩人．

詩集—『深呼吸の必要』『食卓一期一会』(以上晶文社)，『長田弘詩集』(ハルキ文庫)，『記憶のつくり方』(朝日文庫)，『幸いなるかな本を読む人』(毎日新聞社)，『詩ふたつ』(クレヨンハウス)，『世界は一冊の本 definitive edition』『人はかつて樹だった』『世界はうつくしいと』『詩の樹の下で』『奇跡—ミラクル—』『長田弘全詩集』『最後の詩集』(以上みすず書房)など．

著書—『読むことは旅をすること——私の20世紀読書紀行』(平凡社)，『本に語らせよ』(幻戯書房)など．

なつかしい時間　　岩波新書(新赤版)1414

2013年2月20日　第1刷発行
2024年8月26日　第16刷発行

著　者　長《おさ》田《だ》 弘《ひろし》

発行者　坂本政謙

発行所　株式会社 岩波書店
〒101-8002 東京都千代田区一ツ橋2-5-5
案内 03-5210-4000　営業部 03-5210-4111
https://www.iwanami.co.jp/

新書編集部 03-5210-4054
https://www.iwanami.co.jp/sin/

印刷・精興社　カバー・半七印刷　製本・中永製本


ISBN 978-4-00-431414-1　　Printed in Japan

# 岩波新書新赤版一〇〇〇点に際して

ひとつの時代が終わったと言われて久しい。だが、その先にいかなる時代を展望するのか、私たちはその輪郭すら描きえていない。二〇世紀から持ち越した課題の多くは、未だ解決の緒を見つけることのできないままであり、二一世紀が新たに招きよせた問題も少なくない。グローバル資本主義の浸透、憎悪の連鎖、暴力の応酬――世界は混沌として深い不安の只中にある。

現代社会においては変化が常態となり、速さと新しさに絶対的な価値が与えられた。消費社会の深化と情報技術の革命は、種々の境界を無くし、人々の生活やコミュニケーションの様式を根底から変容させてきた。ライフスタイルは多様化し、一面では個人の生き方をそれぞれが選びとる時代が始まっている。同時に、新たな格差が生まれ、様々な次元での亀裂や分断が深まっている。社会や歴史に対する意識が揺らぎ、普遍的な理念に対する根本的な懐疑や、現実を変えることへの無力感がひそかに根を張りつつある。そして生きることに誰もが困難を覚える時代が到来している。

しかし、日常生活のそれぞれの場で、自由と民主主義を獲得し実践することを通じて、私たち自身がそうした閉塞を乗り超え、希望の時代の幕開けを告げてゆくことは不可能ではあるまい。そのために、いま求められていること――それは、個と個の間で開かれた対話を積み重ねながら、人間らしく生きることの条件について一人ひとりが粘り強く思考することではないか。その営みの糧となるものが、教養に外ならないと私たちは考える。歴史とは何か、よく生きるとはいかなることか、世界そして人間はどこへ向かうべきなのか――こうした根源的な問いとの格闘が、文化と知の厚みを作り出し、個人と社会を支える基盤としての教養となった。まさにそのような教養への道案内こそ、岩波新書が創刊以来、追求してきたことである。

岩波新書は、日中戦争下の一九三八年一一月に赤版として創刊された。創刊の辞は、道義の精神に則らない日本の行動を憂慮し、批判的精神と良心的行動の欠如を戒めつつ、現代人の現代的教養を刊行の目的とする、と謳っている。以後、青版、黄版、新赤版と装いを改めながら、合計二五〇〇点余りを世に問うてきた。そして、いままた新赤版が一〇〇〇点を迎えたのを機に、人間の理性と良心への信頼を再確認し、それに裏打ちされた文化を培っていく決意を込めて、新しい装丁のもとに再出発したいと思う。一冊一冊から吹き出す新風が一人でも多くの読者の許に届くこと、そして希望ある時代への想像力を豊かにかき立てることを切に願う。

（二〇〇六年四月）

## 岩波新書/最新刊から

2018 **なぜ難民を受け入れるのか**
―人道と国益の交差点―
橋本直子 著
国際社会はいかなる論理と方法で難民を保護してきたのか。日本の課題は何か。政策研究の知見と実務経験をふまえ多角的に問い直す。

2019 **不適切保育はなぜ起こるのか**
―子どもが育つ場はいま―
普光院亜紀 著
保育施設で子どもの心身を脅かす不適切行為が後を絶たない。問題の背景を丹念に検証し、子どもが主体的に育つ環境に向けて提言。

2020 **古墳と埴輪**
和田晴吾 著
三世紀から六世紀にかけて列島で造られた、おびただしい数の古墳。古墳と埴輪の本質と古代人の他界観を最新の研究成果から探る。

2021 **検証 政治とカネ**
上脇博之 著
政治資金パーティー裏金問題は、今も決着を迎えてはいない。告発の火付け役が問題の本質を抉り出し、ウソを見抜く技を提供する。

2022 **環境とビジネス**
―世界で進む「環境経営」を知ろう―
白井さゆり 著
温室効果ガスの排出削減に努め、開示する「環境経営」が企業の長期的価値を高める。環境リスクをチャンスに変えるための入門書。

2023 **表現の自由**
「政治的中立性」を問う
市川正人 著
本書は、「政治的中立性」という曖昧な概念を理由に人々の表現活動を制限することの危険性を説くものである。

2024 **戦争ミュージアム**
―記憶の回路をつなぐ―
梯久美子 著
戦争の記録と記憶を継ぐ各地の平和のための博物館を訪ね、土地の歴史を探り、人びとの語りを伝える。いまと地続きの過去への旅。

2025 **記憶の深層**
―〈ひらめき〉はどこから来るのか―
高橋雅延 著
記憶のしくみを深く知り、上手に活かせば答えはひらめく。科学的エビデンスにもとづく記憶法と学習法のヒントを伝授する。

(2024. 8)